JN104385

マジカル★エクスプローラー

エロゲの友人キャラに転生したけど、ゲーム知識使って自由に生きる９

入栖

角川スニーカー文庫

23836

Magical Explorer 9
Reincarnated as a Eroge
Hero's Friend, I'll live freely with my Eroge knowledge.
マジカル★エクスプローラー
エロゲの友人キャラに転生したけど、ゲーム知識使って自由に生きる9
入栖
—Author
Iris
神奈月昇
—Illust
Noboru Kannatuki
マジエク 攻略 ルート
あ

「アタシが、魔族ね。
つじつまが合うかなって考えてた」
カトリナ
『マジエク』メインヒロインの一人。魔族と人間の間に生まれたことが発覚し……？

「アタシはこれ以上
皆を傷つけたくない」
カトリナ（魔族化）

「刀も必要無かったな」
瀧《たき》音《おと》幸《こう》助《すけ》
桜さんから新ストールを受け取り、戦力アップを果たした。

「え〜♡
おじさんこんなのもわかんないの〜♡
ざぁこ♡」
メスガキダンジョンでメスガキ化中

「ねぇぇ暑いんだってばあ、
汗かきたくないい」
ステフ
『風紀会』の会長職『隊長』を務める。法国の聖女ゆえ魔族を敵対視しているが……？

Chapter Select　目次

Magical Explorer 9

Illustration: 神奈月昇
Design Work: 杉山絵

Reincarnated as a Eroge Hero's Friend, I'll live freely
with my Eroge knowledge.

瀧音幸助

たきおとこうすけ

ゲーム『マジエク』に登場する友人キャラ。しかし中身はエロゲが大好きな日本人。特殊な能力を持っている。

リュディ

リュディヴィーヌ・マリー＝アンジュ・ド・ラ・トレーフル

エルフの国『トレーフル皇国』皇帝の次女のお嬢様。ゲーム『マジエク』パッケージに写るメインヒロイン。

ななみ

ななみ

ダンジョンマスターを補佐するために作られたメイド。天使という珍しい種族。

花邑毬乃

はなむらまりの

ゲームの舞台となるツクヨミ魔法学園の学園長。ゲームではあまり登場せず、謎の多い人物だった。

花邑はつみ

はなむらはつみ

花邑毬乃の娘で瀧音幸助のはとこ。基本的に無口で感情があまり顔に出ない。ツクヨミ魔法学園の教授。

クラリス

クラリス

リュディのボディガード兼メイドのエルフ。真面目で主人に忠実で失敗を引きずりやすい。

聖伊織

ひじりいおり

ゲーム版『マジエク』の主人公。見た目は平々凡々。だが育てればゲームで最強のキャラになった。

聖結花

ひじりゆいか

ゲームパッケージに写るメインヒロインであり、伊織の義妹。ツクヨミ魔法学園に編入してきた。

加藤里菜

かとうりな

『マジエク』ゲームパッケージに写るメインヒロイン。勝気な性格で貧乳を気にしている。

Character　キャラクター

Magical Explorer

モニカ

モニカ・メルツェーデス・フォン・メビウス

『生徒会』の『会長』を務める。『マジエク三強』の一人で、ゲームパッケージに写るメインヒロイン。

ステフ

ステファーニア・スカリオーネ

『風紀会』の会長職『隊長』を務める。法国の聖女。美しく心優しいため、学園生から人気があるが……？

ベニート

ベニート・エヴァンジェリスタ

『式部会』の会長職『式部卿』を務める。学園生から嫌われているが、エロゲプレイヤーからは人気が高い。

フラン

フランツィスカ・エッダ・フォン・グナイゼナウ

『生徒会』の『副会長』を務める。非常に真面目な性格の女性。雪音と紫苑をライバル視している。

水守雪音

みずもりゆきね

『マジエク三強』とも呼ばれる、公式チートキャラの一人。風紀会の副会長を務める。

姫宮紫苑

ひめみやしおん

『式部会』の副会長職『式部大輔』を務める。制服を着ずに常に和服を着ており、メインヒロイン級の強さを持つ。

アイヴィ

アイヴィ

ツクヨミ学園新聞を発行する新聞部の部長。兎人族の女性で常にハイテンション。三会の役割を知っている。

ルイージャ

ルイージャ

ツクヨミ魔法学園の教師。お金にルーズであり、花邑家に借金がある。はつみの先輩であり、学生時代は一緒にダンジョンへ行っていた。

桜瑠依

さくらるえ

ツクヨミ学園に立地する図書館の司書。学園に長く務めており生徒思いで優しい。その正体は……。

一章　プロローグ

―カトリナ視点―


「三会について隠していた事がある」

モニカ会長はそう言った。それは今ここ月宮殿に集まった三会メンバーは知っている事だ。つい先日のアイヴィが起こした事件でそれは三会メンバーが知る事になった。

「ベニート、ステフと協議して、知りたい者には話す事に決めた」

それに一部の人から驚きの声が漏れる。

「しかし、二つの条件がある」

モニカ会長はそう言って人差し指を立てる。そしてアタシ達を見渡した。

「一つ。六十層攻略後」

それは三学年が卒業間近に達成する目標で、現時点で攻略できる人は三年でも一握りだ。

モニカ会長は各々の反応を見ながら中指も立てる。

「二つ。大けが、場合によっては死ぬことを覚悟出来る人」

「風紀会のアイツのようにな」

　そう言うのは発明家のアネモーヌである。彼女の作り出すアイテムは変態的で役に立たない物が多いが、有用な物を作ることもある。

「その人ってどういう方ですの？」

ベニート卿《きょう》の妹で現在は生徒会員として伊織《いおり》とよく行動しているガブリエッラは『アイツ』と聞いて誰か見当も付かなかったのだろう。アタシも分からないが二年生は心当たりがあるようだった。

「うん。一年の皆はまだ出会ってないだろうね。風紀会三年生の生徒で、今は別件もあって学園を離れているんだ」

だから見たことが無かったのか。アタシは近くに居たリュディに小声で聞く。

「リュディも見たことが無いの？」

「ええ、雪音《ゆきね》さんから簡単に話を聞いてはいたんだけどね」

なんて話していると、モニカ会長が「そうだわ、皆聞いて」とばらけた視線を集める。

「どうしても勘違いしないでほしい事がある」

そう言って皆を見つめる。

「六十層って言ってたけれど、六十層程度の実力だと、ベニート君やステフ、そして私の庇護《ひご》が有ってようやく行ける場所だと思ってね。個人的には七十レベルが欲しいんだけど」

その言葉に反応したのは結花《ゆいか》だ。

「へぇー『補助』とかじゃなくて『庇護』って言うんですね」

「ええ。六十層程度の実力じゃ足手まといだもの」

六十層で足手まとい、ね。自分的にはかなりの壁に感じるが、そう思わない者達もいるようだった。瀧音《たきおと》や伊織、そして三会の副会長職の人達だ。

「ほーん。妾《わらわ》はもう攻略を終えておるが、すぐに教えて貰《もら》えるのかの？　雪音もフランも聞きたいじゃろ」

式部会の副会長職である紫苑《しおん》は残る副会長職の二人に目配せする。目配せされた二人は
「そうだな」「そうね」と同意を示す。

「まってまって、あたしも知りたいぴょん！」

そう話に交じるのは、この会議の元凶となったであろう、新聞部部長のアイヴィである。

「もちろん君達なら話してしまって構わないよ。ねえモニカ、ステファーニア様」

「はぁ……そうね。仕方ないけど」

未《いま》だに話すことを快く思っていないらしいモニカ会長。

「雪音達なら構わないでしょ。ただ」

そう言って瀧音を見るステフ聖女。

「ただ？」

ベニート卿は問いかける。

「すぐにまた説明しなきゃならなそうな気がしてならないわ」

ベニート卿は確かにねと笑った。

モニカ会長はその後、今日の話は以上よ、と話を切る。今回の集まりはその件についてだったようでモニカ会長は集まってくれた皆に感謝し、解散を告げる。

それからなんとなしに三会の一年生達が集まった。

瀧音幸助《こうすけ》は集まるやいなや伊織の肩に自分の腕を回すと、そのぷにぷにと言われるほっぺをツンツンつつく。

「伊織、聞いたぜ。かなりツクヨミダンジョンを攻略しているらしいな」

褒められたからだろうか、伊織は少し嬉《うれ》しそうに見える。

「えへへ、自分なりに頑張ってるからね。でも幸助君だって力を付けてるって聞いたよ」

幸助、そして伊織。この二人は全一年生の中でも特に実力と成長度でトップを走っている。そしてそんな彼らに引っ張られ、リュディや結花、ななみ、ギャビー、委員長、そしてオレンジまでもがどんどん実力を高めている状態だった。

「瀧音幸助君。君は勝手な行動をしないようにね」

二人が会話していると、後ろからモニカ会長が現れる。瀧音の肩に手を乗せ、分かってるわよねとばかりに笑顔で圧力を掛けていた。

「ちょっと、何で俺を名指しするんですか？」

「何かしでかすなら貴方《あなた》でしょう」

「でも伊織だって何かしそうじゃ無いですか」

「ぼぼっ、僕？」

と幸助からパスが来ると思っていなかったのだろう、伊織は驚く。

「確かにそうね、伊織君。変な行動は慎んでね」

「か、会長⁉」

瀧音達が話しているのを聞いて、皆が笑っているのを見て、ふと自分について考える。

アタシはリュディのように頭が良くない。実力も結花達に比べればまだまだだ。盗賊のスキルだってななみには劣るしラジエルの書の件では役立たずだった。そしてガブリエッラのように前向きに考える事も得意では無い。

だから思うのだ。ここに居られるだけの力はあるのか。この場に居て良いのかと。

「じゃ、アタシ用事あるから」

とリュディに話して気配を消しながら退室する。

ダンジョンへ行こう。少しでも追いつきたい。もっと、強くならないと。技術を磨かないといけない。

二章

ご主人様理解度チェック

朝の訓練をしてシャワーを浴びることは、俺のルーティーンの一つである。特にシャワーは絶対に欠かせない。汗でべとべとになった状態で物事をしたいだろうか。

今日もいつもと同じように訓練をしてシャワーを浴びると、エアコンの効いたリビングのソファーにドサリと座る。

『洗濯物が乾物になる』だなんて天気予報で言っていた通り、外はかなりの温度であった。ランニングなんて特に地獄である。一応ストールに氷系のエンチャントを施せば外でも快適に走れるのだが、先輩に『いつでもそのエンチャントが出来るわけでは無いんだろう？一応暑さの中でも動けるようにしておいた方がいいのではないか』とアドバイスを頂き、あえて封印していた。

戦闘では相手によって色んな属性に切り替えることが予想される。もしフロアが砂漠で、光属性のみが弱点だったら？　そういったことを考えると先輩の言う通りだ。

だから様々な属性のエンチャントを使ったりして訓練を行った。まあ素振りしていた滝の周りは非常に快適で、天然のエアコンが付いているかのようだったが。

それから時間が経過した今はさらに暑くなっていることが予想される。窓を開ければ熱波が勢いよく此方《こちら》に流れ込んでくるに違いない。

さて、これからどうするかなと考えていると、リビングのドアが開く音がする。結花《ゆいか》だ。彼女は「あっづー」と言いながらリビングのソファーに座る。

外に出ていたのだろうか。首に掛けたタオルで汗を拭っており、手には剣の絵が描かれたソーダ味のアイスがあった。自分も食べたことがあるが、そのアイスは剣のような形をしていて『アイスソードじゃん』だなんて突っ込みながら食べた。味はおいしい。

彼女はアイスの袋を開けると俺に差し出した。

「これ、美少女からのプレゼントです」

念願のアイスソードを手に入れた！　訳では無く差し出したのは袋の方、ゴミである。

しかし彼女は気がついていないが、人によってはそれがゴミでは無い。

もし俺が元いた日本の上位ＨＥＮＴＡＩだったら、それをｐｒｐｒ《ペロペロ》する猛者だっているんだぞ。

「しかたねぇなぁ……」

もちろん俺はｐｒｐｒするなんて出来るはずも無い。受け取るとゴミ箱まで捨ててくる。

「マジで持って行ってくれると思ってなかったです、ありがとうございます。一口だったら食べて良いですよ」

　そうして差し出されたアイスに向かって、わざととても大きく口を開き近づく。しかし彼女はすぐにアイスを引っ込めてしまった。

「っはぁーっ⁉　危ないじゃ無いですか、何してるんですか」

「冗談だって」

　再度差し出されたアイスを、常識的な量を頂戴する。食感も味ももろに近い。ガリ○リ君ソードがあったら多分これが出来ると思う。

　結花もそのソードにかぶりつくと窓を見ながら呟《つぶや》いた。

「あのー瀧音《たきおと》さん、なんか最近アイヴィさんを家でよく見かけるんですが……これって気のせいですかね？」

「奇遇だな、俺もそう思っていた」

　俺は結花から視線を外しリビングの窓の外へ。結花も同時にそっちを見る。

　そこには『安全＋第一』と書かれたヘルメットを装着するななみ、ヘルメットからピョンピョンと耳が飛び出ているアイヴィがいた。

　てか耳が飛び出てるって、何か落ちてきたら耳がどうなるかが少し気になる。

「瀧音さん、何かしたんじゃないですか？」

結花はそんな二人をじっと見ながらそう言った。アイヴィ達は、図面？　設計図？　らしき物を広げ何かを話しているが内容は聞こえない。

「あー。したかと言われればしたようなしてないような？」

俺がそう言うと彼女はジト目で俺を見る。

「ほんとですかぁ？　……まーそれに関しては後でいいです。それにしてもななみさん達は何をしてるんですかね？」

アイヴィはその図面らしき物に指を指すとななみが首を振り、別の箇所を指さした。

「見た目から判断すれば、工事か建築？」

「やっぱりそう思いますよね。でも仮にそうだったとして……いえ違いますね。当たっているにしろ外れているにしろ、嫌な予感がしませんか？」

「するな」

ななみ、姉さん、アネモーヌさん、ルイージャ先生は嫌な予感を連想させる四天王だと思う。次いでギャビーやアイヴィ。まあ。

「直接聞いてみるか」

そう言って俺は立ち上がるとリビングにある窓を開ける。外のむわっとした風が室内に入る前に彼女達は俺に気が付いた。

「ああ、ご主人様」

「殿、おはようございます!!」

「……っはぁーっ？」

後ろから結花の声が聞こえる。うん、急に殿だなんて言われたら驚くよな。

「アイヴィ、殿はやめて」

「では何とお呼びすれば……頭目、お頭、ご主人様、棟梁《とうりょう》？」

「頭目もよろしいですが旦那様でもよろしいかと」

「全部なしだ」

と俺が言うとななみは自分の体を抱きしめ体をくねらせる。

「んっ♥　あっ……♥　と・う・も・く・♥」

「……っ、エロい言い方をしても駄目だ」

危なかった、ななみのボイス気持ちよすぎだろ。もう少し遅かったら許可を出していたかもしれない。

「では代わりに結花様が旦那様とお呼びするという事でよろしかったですか？」

「何でそうなるんですかね。そういう話じゃありませんでしたよね？」

しかも頭目じゃ無くて旦那様と来た。でも結花に旦那様と呼ばれてみたい気がする。でもお兄ちゃん呼びが一番であることは譲れない！

「話が逸《そ》れてるから戻すけど、なんてお呼びすればいいのかなー？」

「真面目に話すと、いつも通りにしてくれ」

「えーたっきー？　なんか安直じゃ無い？」

貴方が付けたあだ名だよね⁉

「違和感しか無いから口調も基本的に以前と同じで。それに他の人に詮索されるのも面倒だしなぁ」

「まあたっきーがそう言うならそうするけど」

不承不承といった様子でアイヴィは頷《うなず》く。

とりあえず呼び方が決まったところに、ななみはそういえばと話し出した。

「それでご主人様はどうされたのですか？　ヘルメットの予備ならはつみ様の部屋に有りますが？」

「そうそう。その黄色いヘルメットがクールでな。これをかぶって指さしヨシッ……って違う。それが欲しくて声をかけたんじゃ無い！」

「何ではつみさんの部屋にあるんですかね？」

結花の言う通りだ。姉さんの部屋は一体どうなっているのだろう。何度か起こしに行ったときは普通の部屋だったけど、今はなぜか俺の部屋にいる可能性が高いからな。自分の部屋って何だろうな。

ひとまずそのことは置いておいて、だ。一つ言えることは姉さんもななみ達に絡んでいるということだろう。

「ならご主人様はどういったご用なのでしょう？」

「いや、一体何をしているのかなと思って」

そう言って俺は図面らしき物に指を指す。それを持って何らかの話をしているのを見ていると不安になるんだよ。

「ああ、これですか？　皆様にアレをしてもらおうと思いまして」

「……あのー私はさっぱり分からないんですけど？」

俺もだよ、結花。よし誰か解説を頼む。

「なら何で建設みたいな事をしてるんだ？　記念館でも建てるのか？」

「さすがご主人様。すばらしいご慧眼《けいがん》。ご主人様の偉業を後世に伝えるために、ななみ記念館も有りかなと思ったのですが」

「何でななみの記念館なんだよ。俺の記念館作るべきだよね。いらないけど」

「それ瀧音さんの情報は一応ありそうですけど、すみっこに少しだけ展示されるやつですよね」

結花の言っていることが容易に想像出来る。有るだろうけど絶対メインでは無いな。

「ちなみに結花様は、ご主人様に彼女が出来そうになると『お兄ちゃんが取られる』と思って急にエッチに甘え始める妹か、ご主人様なしでは生きられないちょっと乱暴でエッチな妹の役にしようかなと思っているのですが」

「えぇーゆいゆい……いいなぁ！」

「どこが良いんですか⁉　そもそも創作じゃないですか。記念館なら史実かつ事実を書いてくださいよ！」

結花の突っ込みは止まらない。

「しかもエッチって何ですか、エッチって！　なんで人を変態にするんですか、アネモーヌさんや瀧音さんだけでもう十分です！」

その否定はおかしい。俺も否定してくれ……るわけないか。

「ご主人様を巡ってのバトルは壮絶でした。結花きらめきチョキチョキ目潰しが直撃していたら私がやられていました」

「ゆいゆい、もうちょっとネーミング頑張ろうよ……」

「可愛いふりして結構殺伐とした技だな」

急所狙いにいってんじゃん。

「あのですねぇ！　私はそんな技を使えませんし、そもそも戦った覚えがありません！」

「ほう。新聞部の件で行ったダンジョン、そこで結花様がチョキで私がグーでした。噂《うわさ》によるとご主人様の尻にアレを――」

「その戦いは私が負けました、たしかに私が負けました！　思い出させないでくださいっ！」

そう言ってチラリと俺を見る。

うっ、なんだ？　俺の尻穴がうずく。

「ところでですよ！　と・こ・ろ・で。ななみさん達は何をしていたんですか？」

無理矢理《むりやり》結花が話題を元に戻す。するとななみは、ああ、と頷いた。

「ええ、実はご主人様の理解度をテストでチェックをしようかと思いまして。もし略するならご主人様理解度チェックでしょうか」

「ご主人様の理解度をチェック？」

「アイヴィ様がご主人様の事を知りたいと仰《おつしや》ったのが始まりですね」

チラリとアイヴィを見ると「そだよー」と肯定する。知りたいなら俺が話しても良いんだけどな。まあ聞きにくいこともあるか。

「そのときにふと思ったのです。我らはご主人様の事をちゃんと知り得ているのかと」

「知らなくても良いぞ」

しかも本題から逸れてるよな。知りたいのはアイヴィなのになんか他の人に焦点当たってる。

「いても立ってもいられませんでした。私は気になって一週間に十回しか寝られません」

ななみはすごく眠そうにあくびをする。それを見てすぐに結花は突っ込みを入れる。

「えっとですねー、回数おかしくないですか？　明らかに昼寝してますよね？」

「むしろ健康的っぽいよな」

結花の仰る通りである。

「ですから私は試すことにしました、花邑《はなむら》家の皆がご主人様をどれだけ理解しているのかを。それがご主人様理解度チェックです！」

なるほどな。そこまで聞いて思ったことは。

「やっぱりよく分からないんだけど……もっと簡単に言え」

「簡潔に申し上げれば、ご主人様のことをどれだけ知っているかを調べる、減点方式のテストです。見事全問正解すると豪華賞品をプレゼントいたします」

それを聞いた瞬間シュビっと結花が手を上げる。速い。小学生の授業参観で親に良いとこを見せたいがために勢いよく手を上げる速度に勝る勢いだった。

「瀧音さん、私急用を思い出しました！」

奇遇である。俺も急用を思い出したくなった所だ。なんかどうでも良さそうな事が始まりそうだったからな。

踵《きびす》を返し部屋へ行こうとする結花だったが、それはアイヴィに阻まれた。

「今参加者を募集しておりまして、ご主人様と結花様は参加が確定しているのですが」

「なんで私が確定しているんですか!!　アイヴィさん離してください」

「ごめんねーゆいゆい。これもゆいゆいのためなんだ」

何が結花のためか分からないけれど、いやそんな事よりも。

「てか俺も参加しなきゃいけないんだ」

そのテスト意味なくね？　俺をどれだけ知っているか調べたいのか？

「参加は当然ではありませんか。あとは偶然を装ってリュディ様を連れてくる計画は立ってるんですが……」

祈ろう、リュディが逃げ切れる事を祈ろう。

「という事で一時間後に集合でお願いします。私はリュディ様のところへ行ってきますので」

とななみがヘルメットを外し、異次元収納袋にしまうとどこかへ行った。多分リュディの居る場所なんだろうけど。

てかヘルメット外すんだ。

「あのアイヴィさん、なんで私を縛るんですか⁉」

俺が声の方に振り向くとそこにはロープで縛られかけている結花がいた。胸を強調する縛り方って最高だな。

縛った当人、アイヴィはヘルメットをいつの間にか脱いでおり地面に転がっている。

「え？　たっきーは縛られたゆいゆいを見ると元気が出るってななみんが言ってたから」

「さも当然とばかりに言わないでください、俺が変態に見えますよね」

ぎろりと俺を睨《にら》む結花。なんか背中がゾクゾクするんだけど。ある意味元気が出ることは間違いでは無い。

「そ、そういえば最近ウチで見かける気がするんだが、どうしたんだ？」

こんな時は話を変えるのが手っ取り早い。アイヴィは「ああ、それなー」と話し始める。

結花の視線は無視だ。

「ななみんとはつみ先生が屋根裏と押し入れを提供してくれたんですよー！」

盗人《ぬすっと》なのかドラ○もんなのか判断に迷うところだな。てか。

「そんなところで喜ばないでください、ななみや結花の部屋で布団でも敷いてください」

「なんでちゃっかり私の部屋を使わせるんですか。それは私が許可を出すべきところですよね？」

結花の言葉を聞いているときにふと思い出す。

「あれそういえばマンションに住むって話があったような？」

桜《さくら》さんとルイージャ先生が住んでいるマンションに引っ越す話が最近出たんだよなぁ。

「マンションも良いんだけど、たっきーに何かあったときにすぐ駆けつけられない事を愚痴ったら、はつみ先生が提供するって言ってくれたの」

なるほど。一応俺に関しての行動だったのか。

「動機は分かりましたよ、とりあえずこの縄をほどいてください!!」

なんかアイヴィはほどく気がなさそうだし、俺がやるか。

「瀧音さん、変なところ触らないでくださいね！」

「触らねえよ！」

少しくらい肌に触れるのは、いいよね？

◇

ななみと合流して連れてこられたのは、花邑家の敷地内にあるよく分からん建物だった。聞くところによると物置として使っていたが改装したとかなんとか。そのための図面？そのためのヘルメット？　なのだろう。

そこの司会席のような場所に、ななみとアイヴィは立っている。

「貴方《あなた》は瀧音幸助《こうすけ》ご主人様の事をどれだけ知っているのでしょうか？　メイドとしてご主人様の事を知る事は当然です。知らなくて最高のご奉仕が出来るでしょうか？　否です。メイドとは愛……」

「あのーななみさーん。さっさと始めてくださーい」

そう話すのは結花だ。彼女は自分が割り当てられた一人席に着席し、肘をついて目を線にしている。当然ではあるが、まるでやる気が感じられない。
「ではここまでにして早速始めていきましょう。今回はご主人様の事を知り尽くしている
であろう人々に集まっていただきました」
「いよぉおお、パチパチパチっ！」
ななみの隣に立つアイヴィは司会の補佐的役割なのだろう。拍手して場を盛り上げよう
とするのは分かるが……。
彼女から視線を外しこの場を見渡す。
俺、結花、先輩、カトリナ、空席。といった席順である。先輩しか拍手してないじゃん。
皆よくもまあこんなのに参加してくれたな。ちなみに空席の前には姉さんのネームプレー
トが置かれている。察するに姉さんは何かで不参加なのだろう。
それにしても明らかに一人いつものメンバーじゃない子が。
「全然知らねーし知る気もねーし。なんでアタシが……」
この場にいる一番の被害者であろうカトリナは呟《つぶや》く。
どうやらリュディは来られないらしい。なんでもエルフの皇族として仕事が入ってしま
ったらしく、代わりにリュディの近くに居たカトリナを連れてきたとか。よく連れてこら
れたなと思ったよ。
「今までにご主人様から色々アドバイスを頂いたでしょう、ん？　と脅しをかけたらすぐ

に来てくれました」

「脅してんじゃねーか！」

帰っても良いんだぞとカトリナに言うと、「まあ雪音《ゆきね》さんに用あったし、今日は予定もないし付きあうよ」とお言葉を頂いた。それに脅されたなんて事実は無く、丁寧にお願いされたらしい。

ななみは俺に物事を話すときに誇張や嘘を交ぜる傾向があるような？　大切な情報の時はしっかり伝えてくれるから別に良いけど。

それにしてもカトリナが先輩に用があるという事の方が気になる。そろそろカトリナのイベントが発生しても良い頃合いだし、その前段階である相談イベントだろうか。イベントの準備は一応しているが、いつどうなっても良いように動けるようにしておこう。桜さんにも言っとかないといけないし、最悪先輩にも言わないとな。

俺が考え事をしているところほんとななみが咳払《せきばら》いをした。話を続けるっぽい。

「では本題に戻ります。今回は素晴らしい成績を残した方にはとても豪華な賞品を用意しております。『瀧音幸助を一日自由に使える券』です！　残念賞もあるので期待していてくださいね」

「俺聞いてないんだけど？　てか俺が獲得しても何ら意味無いよね」

まあ彼女達には色々迷惑かけたりお世話になったりしてるから、いつでも自由にしてくだってって構わないんだが。賞品発表の様子を見るに先輩は結構ノリノリで参加してる？

「ルールを説明します！　こちらご主人様に仕えるメイドなら当然答えが分かる、選択式の問題を用意しました」

「アタシ達メイドじゃ無いんだけど？」

カトリナから突っ込みが入る。いいぞ、その調子で突っ込みを頼む。

しかし、ななみはその言葉をスルーして話を続ける。まあいつも通りとも言えるか。

「問題は五問ございます。クイズ形式では無く、テスト形式と言えば良いでしょうか。そのため全員がすべての問題に挑戦します。なお減点方式かつ、一問ごとに答え合わせをしていきます」

「ふむ。では問題が出題され、私達が全員解答する。答え合わせをして次の問題へ、そういった流れなのだな」

先輩がそう言うとななみは頷いた。

「雪音様の仰《おつしや》る通りです。なお視覚だけでは無く、匂い、感触など五感を活用する問題もございますので、一発逆転も可能です」

「なんで減点方式のテストなのに一発逆転があるんですかね？」

結花が俺に聞くが、俺だって分からないから答えられないぞ。

「なお出題者やご主人様に対する直接攻撃は禁止です」

「なんで攻撃される可能性が有りえるような口ぶりなの？　なんで俺まで攻撃されるの？」

それには恐怖しか感じないんだけど。っておいカトリナ、舌打ちが聞こえたぞ！

「さて、先ほど減点方式と申しましたが、詳しく内容を説明します。こちらをご覧ください」

　とななみは自分の前にホログラムのような物を映し出す。それには。

「ええと上から『ななみ級』、『一流メイド級』、『二流メイド級』、『初心者メイド級』、『ルイージャ』先生だな、これは一体？」

「皆様は最上位である『ななみ級』からスタートいたしまして、間違えるたびにランクが『一流メイド級』、『二流メイド級』、『初心者メイド級』と順に下がり、問題を間違えすぎると『ルイージャ』様になるということです」

「ルイージャ先生をメイドの一番下に置くのを止《や》めてあげて！　一般人で良いよね！」

「全員がななみからスタートって意味が分かんねーっつの」

「ちゃっかり自分が一番瀧音さんの事知ってる体で話してますよね」

　カトリナと結花が話す。

　てかさこれ日本のテレビでやってる格付けの番組にそっくりじゃね？　この世界って地球のテレビ番組放送してないよね？

「では早速第一問目にいきましょう、アイヴィ様」

「あいよー、一問目は……これだぁ！」

そう言うと今度はアイヴィが何かを取り出す。それは。

「ティーポット？」

「仰る通りでございます、ご主人様」

ななみの言葉と同時にホログラムに『紅茶』と映し出される。

「第一チェックポイントは紅茶です。一つはご主人様が入れてくださった紅茶。もう一つは市販のティーバッグを可能な限りおいしく入れた紅茶ですね」

「なるほど、瀧音の紅茶はおいしいからな。サービス問題と言って良いな」

と先輩が俺の紅茶を褒めてくれる。嬉《うれ》しい。いつも褒められるけど嬉しい。嬉しすぎて奇声を発しながら三点倒立したいぐらい嬉しい。いかん、かみしめてる場合では無い、すぐに先輩を褒めなければ……！

「先輩の入れてくださる緑茶もおいしいですよ」

そう俺達が話す横でカトリナがため息をついていた。

「てかアタシ飲んだことねーんだけど……」

「まあ瀧音さんの紅茶はおいしいので、おいしい方を選べば当たると思いますよ」

結花もおいしいと言って飲んでくれるからな、そう言われると入れた甲斐《かい》があると思う。

「では今回は香りと味で判断していただきます。そのため目隠しを用意しましたのでそれを装着し、紅茶を飲んで判断してください」

「では早速お入れいたしましょう。ご主人様こちらへ」

あれ、俺が入れるの？　まあ当然か。

「案内やその他雑用はご主人様直属のメイド隊にしていただきます。皆様は案内された通りに行動をお願いします」

ああ、メイド隊ね。ななみが自身の補佐をさせるために作ったメイド隊で、一応俺のための組織として活動しているのは知っているんだが、今回のような変な活動をしている事が多い気がする。

俺はそんなメイド隊の一人に案内され指定された場所へいく。そして数人分の紅茶を入れ、元いた部屋に戻るとななみとアイヴィだけになっていた。

「ありがとうございます、ご主人様。では早速始めていきましょう。現場と中継がつながっています」

となななみが操作するとホログラムに結花達が映された。その横にはメイド隊メンバー達が映っている。

それにしても何だ結花達が着けているアイマスクは。飲み会じゃないんだぞ、変なの着けて。とりあえず写真撮っとこ。

と俺の突っ込みはもちろん彼女達に届くわけも無く、彼女達は一つ目の紅茶『A』ですと紅茶を受け取る。

そして全員がそれの匂いを確認し、それを口にする。少しして今度は一つ目の紅茶『B』を同じように口にした。

飲み終わった彼女達は自分達が選んだ紅茶に対応する部屋に案内されてそちらへ移動した。どうやら全員の意見が一致していたようで、皆は『B』を選択した。

少ししてななみは結果発表の方法をアナウンスする。どうやら正解の部屋にななみが入るらしい。間違いない、これ芸能人◯付けチェックだ。

そして結果は。

「おめでとうございます、全員正解です」

ななみが入室した部屋に全員がいた。


俺達はまた場所を元に戻し、さっきと同じように自分の席に着席する。これもしかして一流メイドに下がったら椅子とかテーブルもかわるのかな？　一流メイドに下がるってなかなか聞かないなぁ。

「第一問題は都合上不参加でしたが、次はもちろんご主人様にも参加して貰《もら》います」

「なんで俺が自分の事で参加するんだ……？」

意味があるとは思えんが。

「では話を続けます。第二問は非常に簡単、正答率百%が予想されるサービス問題です。また非常にかわいらしい物ですので、皆様が喜ぶこと請け合いです」

「かわいらしいって何だよ……」

「大丈夫、すっごい可愛かったから！」

アイヴィが返答にならない回答をする。

「瀧音のかわいらしいところか。四十キロ走った後にもう一本いきましょうと言うところか？」

「え、マジでやってんの？」

え、カトリナはやってないの？　ちょっと引いた目で見てるんですけど……？

「瀧音さんの可愛いところですか？　ご飯をおいしそうに食べるところですかね？」

「たしかに結花の言う通り瀧音はおいしそうに食べるな」

あれ先輩もそう思ってるって顔に出てたかな？

でもまあ問題になり得ないんだよなぁ。俺がご飯食べたときの写真を当てるとか来るわけないし。

「さすがです皆様。もうほぼ正解が出ているようなので答えてしまいますが、第二問題は尻です」

とアイヴィがどこからか女性の尻らしき模型を取り出す。きわどいパンツ穿《は》いてるなあ！

「何がほぼ正解なんだっつの」

「カトリナの言う通りだよ、正解にかすりすらしてないんだよなぁ」

一文字も合ってないし方向性も違うし、正解出来る奴の気が知れねえ！

「だが聞けば確かにと思うかもしれないな。瀧音の尻は引き締まっていて可愛い」

そう言って俺の尻を見る先輩。え、先輩は俺の尻をＫＡＷＡＩＩと仰る？

「アッ……」

何かに打ち抜かれたような気分だ。こんな気持ち久々だ。

今、天命がくだった。

俺はこの尻を維持しなければならない。ヒップアップの体操を修行に追加すべきか。ヨガを取り入れても良いかもしれない。

「なあ、結花。ヒップアップ目指すなら何が良いんだ？」

「とち狂ったんですか？　アホな事言ってないで突っ込み入れてください、ななみさんの事だからボケのマシンガンが来ますよ！」

た、確かに。今はヒップアップ体操は置いておこう。

「尻って何だ、尻って⁉」

「一人に一つ付いてる割れた奴です」

「欲しい説明じゃねぇ！　しかも適当すぎる！」

「一流以下のメイドにとってはご主人様の尻について知り得ない事かもしれません。しかしななみクラスであれば尻を知ることは必須と言って良いでしょう」

「その理論だとお尻を知らなくても一流になれそうじゃね？」

カトリナの言う通りだ。一流だったら十分だろうが！　あれ、今思ったらななみクラスならご主人様の尻について知ってることは必須？　あれ？

「皆様よく考えてください。今回の問題は合法的にご主人様の尻を叩《たた》くチャンスですよ」

「まあ叩けるのは確かに良いですけど……！」

「落ち着け結花、叩けるのは良いことでは無いぞ！」

人の尻をなんだと思ってる！

「初めはご主人様が壁の穴に尻を入れて、尻壁にすることも考えたのですが、お尻が腫れて抜けなくなる可能性を考慮し、やめておこうと思いまして……レプリカをご用意しました」

尻壁って何だよ。エロゲやＨＥＮＴＡＩ同人誌でしか聞いたこと無いシチュエーションだぞ！　しかも腫れるって叩かれる前提じゃねぇか！

「レプリカもかなり危険ですけどねぇ」

「用意したレプリカは三つです。一つはご主人様の尻を究極限界突破で再現し、一つはオレンジ様のを完璧に再現し、一つは結花様の尻はこんな感じかなと想像している間に作って貰いました」

「っはぁーっ⁉　何を作ってるんですか、私を巻き込まないでくださいよ！」

巻き込まれた結花は確かにかわいそうだが、ちゃんと聞けば結花の尻ではないと分かるはず。一番の問題は。

「俺とオレンジのは完全に再現されてるんだけど。なんで？」

どこからその情報漏れた？

てか俺の尻が限界突破してるんですけど。もはや偽物！

「オレンジ様の情報を提供してくださったアネモーヌ様に感謝申し上げます」

ぺこりとどこかへ一礼するななみ。まあ。

「なんだ、情報源はアネモーヌさんか……」

あの人なら知っていてもおかしくは無いな……ん？　それでも知ってるのおかしくね？

てか俺の尻の情報はどこから？

「では早速始めていきましょう。今回は見た目と感触で判断していただくために、匂いを嗅ぐのは禁止とさせていただきます」

「なんで匂いが再現されてんだよ？」

カトリナの言う通りだ。再現されている必要ないよね？

「ぁのー、叩くのはいいんですよねー？」

「もちろんです。壊さない程度であれば許可いたします」

結花はなんでガッツポーズしてるの？　そもそもなんで叩くの？　叩く必要ないよね？

「三つあると聞いたが瀧音以外のを選んでしまったらどうなる？　やはりランクが下がるのか？」

「雪音様の想像通り、正解以外はランクが一つ下がるようになっています」

まあ二ランクぐらい下がるのかと思ったが、それはないらしい。

他に質問はありませんね、となたみが確認を取る。

「質問は無いようですね、では早速いきましょう。今回は一人ずつ進めていきます」

と一人ずつ別室に連れて行かれる。俺は最後らしい。メイド隊の子に連れられ、俺はその部屋に入室する。

「なんだここは……たまげたなぁ」

室内は異様な雰囲気であると言っても過言では無い。

それは部屋の様子とマネキンのせいだろう。まず室内が何らかの実験室を思わせるようなほど真っ白なのだ。そしてその中心部に『A』『B』『C』の札と三つのマネキンがある。

その三つは男性型で筋肉質な白いマネキンである。しかしなぜか尻だけがやけにリアルで、色もペールオレンジだ。

俺はその尻に近づいてよく見てみると、似てるようで結構違う事が分かった。

『A』『B』の二つはムキムキ感が強い筋肉質系の尻だ。『B』の方が少し肌が焼けているような色をしている。しかし『C』は筋肉はさほどなく、他の二つより白色でぷりん感が強い。

間違いなく『C』は違うだろう。色合い的に『A』が俺の尻である可能性が高い。

「これ他の皆が正解できるとは思えないな……カトリナとかどうするんだよ？」

正答率百％のサービス問題と言っていたがこんなの分からないだろう。だってさ、尻だぜ？　普段じっくり見ることが出来る先輩のうなじやリュディの耳や結花のふともも や姉さんのおっぱいだったら兎《と》も角《かく》、俺の尻だぜ？

俺は答えが分かったのでメイド隊の子に話し、『A』の部屋に行く。

何人ぐらい居るだろうか、一人か二人ぐらいかな？　最悪ゼロもあり得るなんて考えながら部屋に入る。

あれ、何で全員いるんですかね？

「素晴らしいです、まさか全員がななみクラスとは私も思っていませんでした」

ななみは別室から戻った俺らに向かってそう言った。

「簡単だったよね、私も問題のテストしているときにたっきーのお尻を当てたよ」

一応アイヴィもその尻を見て俺のがどれだか当てたらしい。

　まあそれは良いか。問題はこっちだ。

「幸助の尻は、芸術」

　姉さんである。なんかいつの間にか姉さんがいるんだけど、さっき居なかったよね？

　ネームプレートはあったけど空席だったはず。

　俺の視線を感じたのか、雰囲気どや顔《真顔》で姉さんは親指を『b』と立てた。

「学園の仕事があったけど途中で切り上げてきた」

　魔法学園の教授ってそんな事して良いわけ？　とカトリナが目線で訴えている。俺は駄目だと思う。

「姉さんの優先順位間違ってない？　大丈夫？」

　どう考えてもこんなテストより学園を優先させるべきだよね？

「ちなみにはつみ様は以前のテストで名誉ななみクラスの称号を得ております。そのためゲストという枠で参加となります」

「今回が一回目じゃ無い!?」

「では続いてのチェックポイントです。今回は先ほどと打って変わって自分の記憶と対峙《たいじ》することになるでしょう」

「もう色んな意味でお腹《なか》いっぱいなんですけど」

と結花が愚痴る。しかしもちろんだがななみはここで終わらない。

「第三チェックポイントは……『汗』です」

ななみがそう言うとホログラムに汗という文字が表示される。

「は？」

「は？」

結花とカトリナが顔をしかめて俺を見る。いや、俺が一番その表情をしたい。だって結花達に嗅がれるのだろう？

あれ、なんだろ。やぶさかじゃ無いかもしれないな。自分の汗を美少女に嗅がせるってなんだか心がゾクゾクする。

「瀧音の汗、か。なかなか簡単そうだな」

「ん、簡単」

先輩？　姉さん？　どこが簡単そうなんですかね？

と俺が先輩を見ているとななみがご主人様と俺を呼ぶ。

「朗報です。ご主人様も一緒にクイズを受けられますよ」

「何で俺も参加しなければならないんだ!?」

自分の汗の匂いを嗅がせるとか罰ゲームじゃねぇか、絶対いやだ――

「なおもう一つは雪音様の汗を吸い込ませたタオルとなっております」

──なんて言う訳ありません。ぜひ参加させていただきたい。いや、でもなんで？　普通に嫌だろう⁉

それは先輩が許可を出したのか。

「って先輩はそれで良いんですか？」

俺はそのやぶさかでは無いというか、土下座してでもやりたいというか。先輩の汗でできた湖があるなら潜水しながら全身で摂取したいし、世界遺産として登録して何人たりとも入れないように封印するんだけど。

普通に考えたら他人に汗を嗅がれたくないよな。

「まあその、恥ずかしいがあれだけ頼まれたらな」

って事はななみが事前に許可を得ていた？　なんでご主人様たる俺にはその許可を得ないの？

「雪音さんって何か弱みでも握られてるんですかね？」

そう言う結花はなんかいっぱいありそう。

「あまりなさそうだけれどな、想像も出来ないし」

見るたび賭けでは大抵負けてるし。

「そういえばゆっきーのタオルだけじゃ無くて、ゆいゆいのタオルもあるらしいからそっちにするー？」

「何であるんですか！」

結花のタオルも良いな、どうせなら俺のをなくして結花と先輩でいこう！

「アイヴィ様の仰《おつしや》ることは半分冗談です」

半分って何だよ半分って。

「こほん、では本題に戻ります。汗タオルですが、これを口に含むと答えが分かってしまうため、舐《な》めたり吸ったりすることは禁止とさせていただきます」

まるで普段から飲んでるかのような言い草だな。そんな奴いないだろ。

「くっ……」

あれ、姉さん？

「では、早速移動をお願いします。雪音様のタオルを複数用意できなかったため、一人ずつ順番にお願いします」

その言い方だと俺のタオルはいくらでも用意できるとでも言いたげだな。

順に案内され、またもや最後は俺だった。

先ほどのマネキンがあった部屋と同じ部屋だ。しかしマネキンは無く、二つのタオルが置かれている。

これは朝の訓練の際に使用するタオルか。見た目は全く一緒。

とりあえず『A』の方を嗅いでみよう。クン、クンカ！　クッ！　クンカクンカクンカッ！

あっ…………………………………！

例えて言うならジメジメギトギトした地下に百日間幽閉された後に、地上の空気を吸ったような爽快感が俺の全身を駆け巡る。これだ。間違いない。

『B』を嗅がなくても分かる。簡単だ。『A』が先輩だ。間違いない。このままタオルを持って帰りたい所だが、さすがにやめておこう。

確信しかない。メイド隊の子に案内されつつ『B』の部屋に向かう。するとどうだろうか、またもや皆が同じ部屋に居るではないか。

「まあ瀧音さんの匂いは特徴的ですからね」

「アタシもそれ何となく分かるかも」

結花とカトリナはそう言うが、自分は臭いのだろうか。自分の鼻を脇に近づけ臭いを嗅いだが、良く分からなかった。

「瀧音、大丈夫だ。臭くないぞ」

先輩のことだ、気を遣っている可能性も、本当にそう思って言っている可能性もある。自分の都合の良いように解釈しよう。そうしないとやってられない。

「最高。これが無いと眠れない」

姉さんは爆弾発言止めて！

その後も変な問題をやらされ、結局。

「全員全問正解だったな」

と俺はななみに言う。

何でカトリナが全問正解したかは分からない。カトリナに聞いても「アタシだって分かんねーよ」との事だ。あと意外に楽しかったらしい。

　という事で皆はななみ手書きの『瀧音幸助自由券』を入手し、解散となった。ちなみにリュディには参加できなくて残念で賞として後ほど『瀧音幸助自由券』が渡されるとか。

わざわざ参加しなくても良かったよね。

結花は「これって本当に使えるんですかね？」なんて言っていたが、出されたら従う所存である。カトリナはすごく微妙な顔でその券を見ていて、先輩はもったいなくて使えないかもしれないと言っていた。先輩はエリクサー症候群なのだろうか。個人的に使えるときに使うのが一番であると思う。ＲＴＡが教えてくれた。

その後カトリナと先輩はなんか話があるらしく先輩の部屋へ。結花はシャワーを浴びに花邑家のお風呂場へ。アイヴィはお手伝いをしたという事で『瀧音幸助自由券』を貰《もら》い押し入れに行くと言って行ってしまった。姉さんは仕事へ。頼むから仕事サボるな。

そして俺とななみがこの場に残った。

「さて、ご主人様は気がついているかもしれませんが、わざと全員が正解出来る問題を用意しております」

ななみはそんな事を切り出す。

「……何でそんな事を？」

全然気がつかなかったし問題はかなり難しかったぞ。

「ご主人様は桜様の件で皆様に協力して貰ったおかえしとして、何かしてあげたいと思ってらっしゃいますよね？」

「……まあ、否定はしない」

でも何してあげれば良いのか分からないしなぁ。あと遠慮しているっぽい。俺も皆も忙しいのがあって。

「ですから機会作りの一環です。そういったチケットがあればご主人様を誘いやすいですし、ご主人様は皆に恩返しが出来る、そう思ったのです」

だから『瀧音幸助自由券』だったのか。

「ですから全員が簡単に解答出来る問題を用意しました。なおアイヴィ様には押し入れを貸す条件で手伝っていただいております」

「だから全員正解していたのか。てかもう少し良いところ貸してやれ」

なんか色々大がかりで無駄が多いような気がしなくも無いが、とりあえず。

「ありがとう、ななみ」

彼女にお礼を言わなければ。

「ご主人様のメイドとして当然ですね」

「ただ一つ、ななみが忘れていることがあるとすれば。

俺は自分の荷物から文房具と付箋を取り出す。そして付箋に文字を書き込むとななみに渡した。

「ご主人様……これは？」

呆然《ぼうぜん》とその緑色の付箋を見つめる。

「それは『瀧音幸助自由券』だ。ななみにもかなりお世話になったからな」

別に紙なんて無くてもいくらでも自由にしてくれて構わないんだが。

「…………ありがとう、ございます。ご主人様」

感極まった様子の彼女は紙を大切そうに胸の間にしまう。もう突っ込みはいれんぞ。

「たいそうな物じゃないいんだけどな」

「私にとってはダンジョンの秘宝よりも価値があります。家宝にしますね」

「いや、使えよ。意味ないだろ」

なんて話していながら、ふと思う。

ななみは全員が簡単に解答できる問題って言ってたよな？　尻？

三章　新ストール

なんだかよく分からないクイズが終わった次の日、ななみはやけにテンション高い様子で俺の部屋に入ってきた。

「ご主人様、ご主人様！　ついに完成しました」

「どうした、そんなに喜んで」

まあ落ち着けと手で示す。ななみの報告の五割はぬか喜び系である。

「ご主人様、あれです。あの桜《さくら》様のラジエルの書事件で洗濯した奴のことです」

「洗濯？」

「お召し物ですよ。では早速行きましょう、目指すはルイージャ様のご自宅です」

お召し物と言われてようやく何のことか思い出した。そういえば依頼をしていたんだった。

「アレ、出来たのか？」

「ええ、今し方完成したと連絡がありました。すぐに向かいましょう」

とななみに連れられてルイージャ宅へ向かう。ルイージャ先生はいつの間にか俺の物になった高級マンションに住んでいるが、ここから十分も掛からない。

ほとんど人とすれ違うこと無く俺達は先生の家にたどり着いた。

驚いたことにルイージャ先生の家に来て出迎えてくれたのは先生では無かった。

「いらっしゃい、瀧音君《たきおと》。さあ、中に入って」

「こんにちは、桜さん」

鍵を開けてくれたのは桜さんだった。家が隣だから頻繁に来ていることは聞いていたが、もはや慣れたような感じで俺を迎え入れてくれる。

俺達は靴を脱ぎ洗面所へ行き手を洗う。俺もななみも幾度となく来ているから、もはや勝手知ったるといえるだろう。

ルイージャ先生の家はいつもながらかわいらしい家具が揃っており…………………？

………………なんだあの壺《つぼ》。

いったん目を閉じ深呼吸をする。そして目を開けもう一度そこを見るもそれは鎮座していた。大きな壺である。一般家庭であれば別の利用方法が思い浮かぶのだが、ここはルイージャ宅である。俺は恐る恐る桜さんに尋ねる。

「あの、すいません。あそこにある禍々《まがまが》しい雰囲気を纏《まと》った謎の壺は……」

「アレは錬金術で使う壺だから大丈夫よ、アネモーヌさんから借りたらしいわ」

と桜さんに言われ安心する。良かった、金運が上がるとか、不思議な力が溢《あふ》れてくる壺じゃなくて良かった。言われてみればアト○エシリーズに出てきそうな壺だ。

「私も驚きました。変な汗が変なところから出そうでした」

ななみはどこから変な汗をかくんだよ、意味深な言い方をやめてくれ。

桜さんは俺達の会話を聞き、楽しそうに笑っていた。色々有ったけど、今の桜さんが楽しそうで本当に良かったと思う。

桜さんにダイニングの椅子に座ってと言われ、俺達は座る。

なんで桜さんが出迎えてくれたんだろうと思っていたが、どうやらルイージャ先生はもてなす準備をしていたらしい。

「みなさーん。紅茶入れましたよ〜！」

とキッチンから現れたルイージャ先生は全員分の紅茶とスコーンを出してくれる。

「ありがとうございます、紅茶おいしいです」

「ふふっ沢山焼いたので遠慮せずに食べて良いですよ」

と言われ俺はスコーンを手に取る。うん、こっちもおいしい。

「では早速本題に参りましょう。ついに出来たとお伺いしましたが？」

となみはここに来た目的のことを話し始める。それを聞いた桜さんは頷《うなず》く。

「ええ、出来たわ」

ずっと待っていた。ラジエルの書の件を終わらせたのち、桜さんから頂いたお召し物。それを改良し俺の新しい武器《ストール》を作って貰っていた。

「別室に有るからそちらに行きましょう？」

と俺達はスコーンと紅茶を置いて別室へ移動する。

そこにはT字の服掛けに掛かっている一枚のストールがあった。

「これが瀧音君の新しいストールよ」

そう言って彼女が出したのは、今装備しているストールと同じ色がベースだ。しかしそのストールには以前は無かった物と模様が付いている。

「これが……」

そのストールはベースの赤色生地に金色の和風文様が描かれていた。また縁は黒く布が縫われており、そして一番変化した所としてストールの両端の先に装飾が付いたことだろう。それは桜さんが着ていた服の装飾と素材は多分一緒では有るが、少し形が変わっていた。

「ルイージャ、アネモーヌとななみさん皆の力を借りて作ったのよ。お蔭《かげ》ですごく良い物が出来たと自負してる」

「私がしたことは微々たる物です。桜様とアネモーヌ様も色々してくださいましたが、特にルイージャ様が頑張ってくれました」

「ルイージャ先生……」

へへっと髪を掻《か》きながら照れたように笑うルイージャ先生。その仕草マジで可愛いよルイージャ先生。

「ルイージャ先生は裁縫が得意ですもんね」

ゲームではかなり色々作って貰った記憶がある。彼女が自分の仲間に居ないと作れないモノもあったなぁ。

「ご主人様、喜んでるところ申し訳ないのですが」

となみが言うと俺の頭にクエスチョンマークが浮かぶ。何かあるのだろうか。

「ただ一つ、私達はあなたに謝らなければならないことがあるの」

桜さんは神妙な顔でそう言った。

「はえ?」

それを聞いたルイージャ先生が変な声を出す。謝るべきはずのルイージャ先生がよく分かってなさそうなんだが?

「こんなに素晴らしい物を貰って嬉《うれ》しい以外の感想が無いんだけど?」

「もの自体は良いのよ。でもね、これの匂いを嗅いでくれれば分かると思うんだけど」

と桜さんが言うとななみは地面に勢いよく正座する。そして頭を地面に付けた。

「誠に、誠に申し訳ございません! 桜様が一週間着用したのち制作を始めたのですが………ルイージャ様が何を思ったか洗濯をしてしまいました！」

「本当に申し訳ないわ、ごめんなさい瀧音君」

そう言って頭を下げる桜さん。桜さんちょっと笑っちゃってるじゃん。

「さあ、ルイージャ様も謝罪を！」

となみはルイージャ先生を座らせようと、腕を引っ張る。

「なんでですか！　なんでそんな事で謝らなければならないんですか！　普通洗いますよね！」

「何を仰《おつしや》るのです！　匂いを嗅いでみてください、花の香りがするんですよっ⁉」

「全く悪い事じゃ有りませんよ！　柔軟剤の匂いじゃ無いですか‼」

確かに悪い臭いでは無いよな、仰る通りである。

「ルイージャ様は美女が着用した服の価値をご存じないのですか⁉　蒸れてしまえば数ヶ月分のお小遣いが飛ぶくらいの価値があるんですよ！」

「そんなの初めて知りましたよ！」

「ほら、ご主人様の顔を見てください。この悲しそうな顔を」

そうななみが言うとルイージャ先生は俺を見る。するとルイージャ先生はやってしまったといった表情を浮かべた。

「っ！　ごめんね瀧音君」

「何で謝るんですかね。それすることで俺が桜さんの匂いがなくなったことで悲しむ変態であることを証明しますよね？」

「あーこれはまずいですね。一週間着用した靴下を献上しなければこの悲しみは収まりそうにありません」

「くっ、靴下ですか⁉」

「適当な事を言わないでくれるかな、ルイージャ先生がめっちゃ引いてるじゃん」

靴下って、足の臭い……アマテラス女学園、体臭……うっ。

「ふ、二日間穿いた奴なら……」

靴下を二日間穿《は》くって、多数の人にアンケートを採れば賛否分かれそう。『お風呂上がりのタオルを乾《ほ》して二日利用が許容できるか』も賛否分かれるらしいな。

「ああ、洗濯ネットに入っていた白色の靴下ですか？　私としてはギリギリ及第点と言ったところですが、ご主人様が満足されるか……」

「なんでななみさんが嗅いでるんですか⁉」

どうなれば俺は満足することになるんだろう。

「臭うかどうかと問われればそれなりに臭うのですが……まあ、良いでしょう」

「そうねぇ～かなりギリギリだけど……」

「なんで桜さんまで私の靴下をっ⁉　瀧音君、私の靴下は臭くないですよ、臭くないです！」

必死に臭いを否定するルイージャ先生。止めて足を出そうとしないで！　分かったから！

と俺達がドタバタしていると、桜さんはもうこらえきれないと笑い出した。

「ふふっ、ふー。ゴメンなさい、ちょっとやり過ぎたわね。では本題に入りましょう、瀧音君？」

はい、と返事をすると彼女がそのストールを手に取り、俺に渡してくる。

「着けてみてください」

今あるストールを外し、ななみに渡す。そしてそのストールを手に取った。

肌触りはすごく良い。上質なシルクのようで少しひんやりとしているだろうか。俺はそれに魔力を通す。

「えっ!?」

魔力の通りが今まで以上だ。以前ならほんの少し抵抗のような物を感じたが、このストールはそれが一切感じられない。

ストールの変化はそれだけでは無い。

魔力をこめているとストールはだらりと伸びて地面に付いてしまったのだ。以前のストールも多少伸縮していたが今のストールはそれ以上の伸縮性と言って良いだろう。その気になれば数メートルぐらい伸ばせそうだ。

俺はそのストールを魔力でゆっくりと持ち上げる。

まるでよたよた歩きをしている子供と言えば良いだろうか。まだ動かすことになれていないため、思ったように操作できない。

でも一つ分かる。

「なんだこれ、あまりにもすごすぎる」

ゲームハードがファミコンからいきなりスイッチに進化したような、それぐらいの衝撃だ。

以前よりももっともっと繊細な動きが出来るようになったと言えば良いだろうか。人間で言うと神経や関節や指が増えたような気分だ。

しかし急にボタンが沢山増えたところで上手《うま》く利用出来るかは違う。神経や関節が増えても同じ事だ。すぐに完璧には動かせない。

今度はストールに魔力をこめて硬化させてみる。

以前よりも数段硬くなったような、そんな印象を受ける。他のエンチャントも試したい。

「軽く使用してみての感想はどうですか？」

「ちょっと難点も有りますが……」

もちろん良いことばかりでは無い。このストールは魔力の操作に繊細さが必要になっただろう。そして魔力の消費量も増えた。

「でもこれは……」

ストールを伸ばし近くにあったカップに触れる。さらに伸ばして以前は届かなかったであろう本棚の本に触れる。そこから一冊の本を取り出した。

しかしその動作はどこかぎこちない。

「扱えればとても大きな力になってくれることは、間違いありません」

「扱えれば、ね？　瀧音君はそれをちゃんと扱えるんだよね？」

桜さんはニコニコした笑顔で俺にそう言った。そりゃあ。

「扱えるまでずっと使うだけです」

そう言って俺は桜さんからルイージャ先生、ななみへと視線を移す。

笑顔の桜さん、うんうん頷《うなず》くルイージャ先生、いつも通りのななみ。

「みんな本当にありがとう」

「瀧音君には命を助けられたし、これくらいのことはさせて貰《もら》わないとね」

「私も………その、借金……というか色々迷惑をかけたし……」

「まあメイドとして、当然ですね。それでご主人様」

「どうした？」

「アネモーヌ様にもお力をお借りしたので、後ほどお礼をされるのがよろしいかと」

「そうだな」

アネモーヌさんか。なんか対価として変なのを要求されないことを祈ろう。

早速そのストールを装備して訓練だ！　と行きたいところではあるが、それは後回しになった。

なぜなら伊織《いおり》からのメッセージがあったからだ。

『幸助《こうすけ》君にちょっと相談があるんだ。出来れば結花《ゆいか》もいるときが良くて……空いてる日ってあるかな？』

まあストール着けて普段通りにするだけでも簡単な訓練になるし、伊織の誘いを断る事はあり得ない。超特急で向かうべきである。

『結花を連れて今すぐ行く』

と返信し俺は結花に電話する。そして無理矢理《むりやり》位置を聞き出し、ななみを引き連れて式部会にいた結花を確保すると俺は指定された場所へ向かう。

そこに居たのはカトリナ、ギャビー、リュディそして伊織だった。

「ん？　は？　マジで？」

「本当に来てますわね……」

カトリナとギャビーは信じられないとばかりに俺を見る。カトリナに至っては三度見ぐらいしたよな。失礼だろ。

「呼ばれたらそりゃぁ来るだろう？」

「幸助君はいつも早く来てくれるよね」

伊織はニコニコしながらそう言った。

「隣でメッセージを見ていたけど、来んの早すぎじゃね？」

カトリナはそんな事を言うが、俺からしたら。

「そうでも無いぞ？」

今すぐ行くねと送信した瞬間から移動を開始していたから、そのせいで早く感じていただけじゃ無いか？

「瀧音さんってお兄ちゃんの連絡にはすぐ反応しますよね？」

と結花がしらけた目でこちらを見る。

ななみは俺達の会話を聞いているのか分からないが、とりあえずおいしそうなコーヒーを出してくれた。ありがとう。

「それで話ってなんだ？」

「実は結花にも話してないことで……ただリュディさんには授業中にちょっと話したんだけど」

リュディに先に話したのか……ふぅん、リュディにはね。へぇ。なんだろうこの心から沸き上がるモヤモヤした感じは？

「お兄ちゃん何かしたの？　通りすがりのおばあさんを助けたら財宝でも貰ったの？」

「えっとね、実はきっかけがそれなんだけど、まあちょっと違うよ」

結花は『は？』と首をかしげる。意味が分からないだろう。だけど俺は分かったかもしれない。通りすがりのおばあさんを助ける事から始まるイベントで、序盤から中盤に掛けて発生するイベントを考えるとそれは『店』だ。

「実はお店を始めたんだよね」

「店？　お兄ちゃん何言ってるの？」

「うんとね。多少簡潔に話すと――」

結花が尋ねると店を始める経緯を簡単に伊織達は話してくれる。まあ、当然だが俺は知ってる。

伊織は通りすがりのおばあさんを助けて、そこからわらしべ長者のように色々あって、最終的に学園近くにある『魔法雑貨店』を貰うことになる。突っ込みどころ満載のご都合主義展開ではあるが、まあ紳士淑女達は『まあエロゲだし』と細かいことは気にしなかったであろう。半分ギャグパートだったし余計にな。

さて、この『魔法雑貨店』だが、これがまたなかなか面白いシステムである。『魔法雑貨店』は序盤から中盤にかけて持つことが出来る施設で、自分自身が持っている不要アイテムを高めに売ることが出来たり、珍しい物を買い取ったり、自分達が開発した薬や武器を売ったりも出来た。

その店には『人気度』や『知名度』そして『LV』という数値が有り、これらが上がることによって珍しい物を売ってくれる人が増えたりする。その物の中には隠しダンジョンにつながる物や、とある人物の最強装備があったりする。しかし店のLVをかなり上げないと来てくれないし、バグってるかと思うぐらい高値で売ってくるからある程度お金をためていなければならない。

また商品の配置、棚の配置、お店の間取り、価格の交渉なんかも設定出来るが、基本はオートでプレイするだろう。しかしオートでは無く自分が店番に入り、学園卒業までお店に入り浸っていると迎えられる商人ENDなんかも有ったりする。

簡潔に言えば『自分のお店を持とう』的なミニゲームだ。店番も意外に奥が深くて楽しかったりするんだよなぁ。二周目からは序盤も序盤で入手出来るから、すぐに店を入手して運用したなぁ。

「――という事なんだ。それでね、幸助君」

なんて回想をしながら伊織の話を聞いていたが、やっぱり『魔法雑貨店』の事で間違いなかったみたいだ。

「おう、それで？」

「一部商品ごと店を引き取ったんだけれど、謎のダンジョンの情報だったり使えそうなアイテムだったりがあって、もしよければ瀧音君達も使わないかって」

それを聞いて思わず「え？」と声が漏れる。

「何でだ？　それは貰った伊織が使えば良いことだろう？」

入手した人に使用権が有るのは当然だと思うが。

「確かに貰ったのは僕達かもしれないけれど、でも普段から瀧音君に色んな情報を貰っているよね？　だからそのお返しさ」

「ええ、俺そんなにしてたかなぁ？」

「ご主人様、さすがに無理があります。私から見ても様々な情報やアイテムをお渡しになっているような気がします」

それを聞いたギャビーも「仰《おっしゃ》る通りですわ」と頷く。

「ななみさん達の言う通りだよ。僕達はいっぱい貰ったんだから。それにフラン副会長もそうすべきだと言ってたし。ただモニカ会長は何もしなくても勝手に成長してる気がするけどね、なんて言ってたかな、あはは」

モニカ会長は俺の事をどう見てるんだろうな？　一応店が無い前提で色々考えてたから、その通りなんだけど。

「まあ、とりあえずだよ。これ新しいダンジョンへ行くための地図。まだどういうダンジヨンか分かって無いんだけど、もし興味があるなら……受け取ってくれない、かな？」

そう言って彼は紙を差し出す。

伊織……!?　俺の事を思って……！

「貰う、貰うよ。どうせなら伊織ごと貰うよ！」

「幸助君は面白いなぁ、何で僕が貰われるの？」

「あのー？　瀧音さーん？　若干マジはいってましたけど大丈夫ですか？　アホなこと言ってないで正気に戻ってくださーい」

はっ、あぶなかった、ダンジョンの情報なんていらないから伊織が欲しいと言うべきだったか……。いや落ち着け、そんな事を言ったら色々終わりそうだ。ええと無難に……。

「俺も伊織の店に何かあったら手伝いに行こうかな」

「手伝いは多分大丈夫。桜さんが色々手をかしてくれて、なんとかなりそう。ただ、ね？」

「ただ？」

「もし良ければ買い物に来てくれると嬉《うれ》しいかな。値段は僕が決めてるわけじゃ無いから、あまり割引出来ないかもしれないけど」

ばっかだなぁ。

「俺に値段なんて気にするなよ。売れ残りも心配するな、俺が全部買おう。言い値の倍でいいぞ」

「あんたさ、アホなこと言ってんじゃねーよ」

呆《あき》れた様子で突っ込みを入れてくるカトリナ。アホってどういうことだよ。

「もう少し高く買い取った方がいいか……？」

「そうではない気がしますわ、幸助様」

ギャビーは苦笑しながら言う。多分そうだと思うんだけれどなぁ？　そうじゃないのか？

「あはは、幸助君はやっぱり面白いね。あともう一つ話しておこうと思ったことがあるんだけど……？」

「なんだ？」

「テストが近いじゃないか。だから幸助君には必要ないかもしれないけれど、勉強会をしようかなって思ってて、もし良ければ参加する？　結花もどうかな？」

「ああ、俺は不参加だな」

伊織はやっぱりね、と反応をする。誘わないのは幸助君に悪いかな？　だなんて気を遣ってくれたんだと思う。まあ俺は兎《と》も角《かく》結花も参加する意味があんまり無いんだよな。

結花はチラリと俺を見る。

「あーその件なんですけど、勉強するのは構わないんですよね。ただあまり意味が無くなる可能性があるというか……」

「どういうことかな？」

まだ伊織には話していないからな。

「リュディや先輩には軽く話しているんだけど、俺と結花、あとななみの三人で少し面白い計画をしていてな」

「あら、面白い計画とは何でしょうか？　ならば私も参加したいですわ」

「ギャビーは状況的に無理だろうな。……そのことについて伊織やモニカ会長に話しておかないと、とは思ってて。ちょうど良いし今話すか」

ななみと結花の顔を見ると、二人は頷いた。

「そうですね、今のうちに話しておいた方が楽そうですし」

「ご主人様にお任せします」

ならば話してしまおう。どうせ近々する話を今するだけだ。あと。

「それに少し協力してほしいしな」

「？　協力するのは構わないけれど、どんな計画なの？」

伊織は首をかしげた。それはな。

「ああ、式部会へのヘイトをためながら皆の度肝を抜く計画だよ」

と俺はこの場に居るメンバーにその計画を話す。そしていくつかの事を彼らに頼み、解散した後だった。

伊織から意味深メッセージが届いたのは。

『二人で会えないかな？　メッセージでも良いんだけど』

『行くのは構わないぞ。ななみもいるかもしれないが大丈夫か？』

『うん。大丈夫だよ』

『じゃあそっちに行くわ、ちな何の件なんだ？』

『里菜の件なんだ』

『カトリナのこと？』

『うん。里菜が最近一人でダンジョンに行っているみたいなんだよね』

◇

—カトリナ視点—

自分だけでは無く、誰しもが考えたことがあるのでは無いだろうかとアタシは思ってる。

だってアタシはテスト勉強をしているといつも思うし。

こんなのアタシの人生で使わないと。

よく分からない数字と記号の羅列を覚えたところで今しか使わないのだ。すぐにでもこの教科書をどこかに投げ捨てたい衝動に駆られるが、残念ながら風紀会から、賄賂を渡してでも赤点は回避しろとのお達しだ。

　正直賄賂がまかり通るなら賄賂でいいやと思ったが、残念な事にたとえ話だったらしく、厳正なテストに賄賂は通じないらしい。

「伊織、分かる？」

「うーん……」

　伊織はアタシの横から問題をのぞき込む。そして難しい顔をした。

　結局勉強会に参加したのは伊織、リュディ、ガブリエッラ、アタシの四名だった。結花も時間があれば参加したいと言っていたが、今後する事の準備が有るらしい。

「ごめん、里菜。分からない」

「リュディ、ここどうやんの？」

「それはね……こう考えると良いわよ」

　リュディはそう言ってアタシの電子ノートに書き込んでいく。それは非常に分かりやすく見るだけで次に何をすべきかが分かった。伊織もなるほどと自分の電子ノートに書き込んでいく。

「ありがと、リュディ」

「伊織さん、里菜さん。理解されているとは思いますけれど、もうすぐテストですわ。そんな調子で大丈夫ですの？　気合い入れませんと」

以前瀧音に負けたガブリエッラは今回のテストこそ一位をとりたいのだろう、ここに居る誰よりも真剣だった。

「んなの分かってるわよ」

「式部会があんな計画をしていますし、少しでも私達も頑張らなければ……！」

ガブリエッラの言う通りだ。式部会の一年でしようとしていることは、この学園の中でも初となるであろう事だ。成功させるには相応の実力が必要だと思うが、アイツらはこなすだろう。

それに比べてアタシは……なんて弱いのだろう。

昔だったら勉強で負けても実力で巻き返せばいいと思えたけど、それももはや通じない。

瀧音幸助を筆頭に、アタシが勝てないであろう人達がいる。

それにリュディやガブリエッラのような知識も貴族としての立場も無い。

なんで風紀会に居るのと思われるだろう。

「それにしてもオレンジ君は遅いね、どうしたんだろう？」

伊織はツクヨミトラベラーの時計を見てそんな事を呟《つぶや》いた。

「どーせ逃げたんでしょ」

アイツは勉強なんてやってられないと思うタイプだ。アタシも風紀会に入会してなければ同じように参加しなかったかもしれない。赤点をとったところで、ダンジョンを攻略すれば良いのだから。

アタシは問題が映し出されている電子ノートを次のページにすすめる。

「あはは、まあオレンジ君らしいよね」

伊織の言葉にリュディがため息をつく。

「オレンジ君こそ勉強しなければならない気はするけど」

文字や数字がいっぱいだと酔って吐きそうになるらしい。まあ、気持ちは分からないわけでは無い。

自分も同じだ。今だって逃げ出したいぐらいだ。

でも逃げ出したいけど逃げられない。

「っ」

不意にあの時のことが思い出される。逃げ出したくても逃げられないときがつい最近あった。

ふとした拍子に思い出してしまう。あの『ラジエルの書』の件でのふがいなさ。逃げることの出来ない戦闘ではあまり役立てず、自分の得意分野と思っていた盗賊のスキルは役に立たなかった。生徒会のハンゾウを見て、自分を見て、役立たずさが際だって見えた。

「どうしたの里菜ちゃん？」

「……何でも無い。ごめん、ここも教えてくれる？」

「そこは私にお任せくださいな。でも大丈夫ですの？　数日後にはテストですわよ」

「大丈夫じゃないわね」

テストも実力も。

◇

それから数日後、テストの日。

瀧音幸助の姿は無かった。結花とななみの姿も無かった。式部会でまともにテストを受けている人は全学年で見ても、いないようだ。

そもそも彼らは受けるつもりは無いと言っていた。

だから学年の順位に関しては。

「予定通りであり、予想通りだった」

一年生の学年順位のトップには瀧音幸助の名は無い。

「リュディはさすがね。ガブリエッラも伊織も」

式部会を除く三会のメンバーで、アタシの名前だけが無かった。学科のテストを受けたし実技も行った。そして攻略階層も同じだ。

だけどアタシの名前だけが上位に無かった。

RANKING BOARD

ROYAL

1 リュディヴィーヌ・マリー＝アンジュ・ド・ラ・トレーフル
LUDIVINE MARIE-ANGE DE LA TRÈFLE

順位	学科試験	実技試験	合計点数	攻略階層
1	90点	92点	182点	50層

2 ガブリエッラ・エヴァンジェリスタ
GABRIELLA EVANGELISTA

順位	学科試験	実技試験	合計点数	攻略階層
2	96点	84点	180点	50層

3 聖伊織
IORI HIJIRI

順位	学科試験	実技試験	合計点数	攻略階層
3	78点	94点	172点	50層

学科の点数はなんとか赤ではない程度で、実技は上から五指に入る点数だった。しかしそんな実技の点数なんて、ダンジョンという実践ではまるっきり役に立たないことをラジエルの書の件で理解させられた。

アタシは本物の技術を学びたかった。強くなりたかった。

だから今日もアタシは一人ダンジョンへ行く。

▶ » « CONFIG

四章

ツクヨミダンジョン六十層

Magical Explorer
Reincarnated as a Eroge Hero's Friend, I'll live freely with my Eroge knowledge.

俺と結花《ゆいか》とななみがツクヨミダンジョンへ向けて進んでいると、結花は辺りを見回して言う。

「ほとんど誰もいないですね」

時間帯は授業中であるから、生徒や講師とすらほとんどすれ違わないのだろう。

「巷《ちまた》は授業中で、多分テストの反省会をしているだろうからな」

今回俺と結花、ななみはテストを受けることをしなかった。理由はいくつかある。

一つは不真面目な式部会がテストを真面目に受ける理由が無いからだ。なぜ学園の不良《ヤンキー》立場の式部会が、別に退学や留年になるわけでも無いのにテストを受けなければならないのか。式部会の二、三年は入会後からほぼテストは受けていないらしい。

だが一番の理由は。

「テストとか面倒くさいですし、受ける必要が無くてラッキーでしたね」

結花の言う通り面倒くさいからである。

テスト勉強なんて出来ればやりたくない。ただ社会人を経験した身から言うと、一応勉強はしておくべきだと思う。

さて、テストを受けなかった俺達には訓練やダンジョンの攻略をする時間ができた。それはとても有用な物だ。

しかし弊害もある。それは俺達式部会が成績の低下により学園生達に舐《な》められることだ。まあ式部会にとっては弊害でも何でも無いかもしれないが。

「瀧音《たきおと》さんは生徒達に何か言われましたか？」

目的地へ向かいながら、結花は俺にそう聞いてくる。

俺は自身の強化を優先したことも有り、ツクヨミ学園ダンジョン四十層攻略後からまともに潜っていない。リュディや結花は伊織《いおり》に誘われて何層か攻略したらしいが。

「陰口言われまくったぞ。まあどうでも良かったから無視したんだが」

『因果応報』『そこまでの奴だった』『ずっとサボってばかりだから』『大きな顔をしないでほしい』聞こえるように言われたし、聞かれないように何かをこそこそ話しているのも見た。こっちを見て笑っている奴もいれば挑発してくる奴もいた。

まあ何を言われようと致し方ないことだ。実際に今回の学年順位で俺は一位から転落したのだから。まあテストをサボったし、学園ダンジョンに潜ってなかったからな。そりゃ順位も下がる。

「学年ランキングでは上位の中にご主人様含めた式部会でもゼロですからね」

俺を嫌う生徒達は心底嬉《うれ》しかったんだろう。ランキングをわざわざ印刷して俺に見せつける生徒すらいた。なんかすごく勝ち誇った笑みをしていたが、ランキング上位に載っていない奴に勝ち誇られても……なんて思ってしまった。せめて十位以内に入ってから勝ち誇ってほしい。

「俺ほどでは無いけれど、結花も言われただろう？」

「あぁー言われてましたよ。どうでも良いので流しましたけど。ななみさんもじゃないですか？」

「あまり言われていませんね……やはりメイドは強い」

確かにあまりななみの悪口聞かないなぁ。やっぱインフルエンサーとして色々配信しているからかな？　メイドの関係性は知らん。

「全く、ご主人様や結花様のことを悪く言うなんて信じられませんね。自身が一般学園生の立場で見るなら不気味な実力者となると思うのですが」

まあそれを『敵』とすり込む式部会の影響力がすごいのかも。とりあえず。

「ななみも結花も無駄に突っかかったりしないようにな。俺達は言われるのも覚悟の上で式部会に入会したんだから」

なんて話しているウチに俺達はツクヨミ学園ダンジョンへ到着する。

「なんか久しぶりだな」

ここで俺はソロ四十層を攻略したんだよなぁ。リュディや先輩達が出迎えてくれたのを昨日のことのように思い出せる。

あの時はちょうどテスト期間でダンジョンに参加する者はおらず、一人ぼっちだった。

「ご主人様、緊張されてますね。こんな時は歌を歌うのが良いでしょう。おお〜ななみ〜至高のメイド〜」

「まったく全然これっぽっちも緊張してないんだけど。それに何でななみの歌なんだ」

まあ、一応歌っておくか。

「おお〜ななみ〜至高のメイド〜」

そう俺が歌うとななみは俺の肩に手を乗せる。

「……ご主人様、大丈夫です。歌は魂です」

「それ歌が下手な人へのフォローだよね？」

俺って音痴じゃ無いよね？　なんで？

「何アホなことをしてるんですか？　瀧音さんは下手くそから一歩進んだ下手くそなので安心してください」

「それ下手くそじゃねーか！」

下手くそから一歩進むってより下手くそってこと？　下手くそよりは少しマシな下手く

そってこと？　どっちだよ！

「冗談ですよ、普通です。ただ人前で歌うのはやめた方が良いかもしれませんね」

「冗談じゃなくなってるよね？」

冗談もほどほどにしてくれ、不安になるだろ。一応採点式のカラオケでも九十点台だしてたんだからな！

「てかですよ。これからダンジョンなんですから、アホなこと言ってないで集中してください」

仰《おっしゃ》る通りである。今回は真面目なダンジョン攻略だ。

「まあ……そうだな。でも以前よりも緊張しないからなぁ」

前回の挑戦は色んな条件を満たすようにするため一人だった。しかし今回は一緒に行く仲間がいる。だから不安は皆無と言って良い。

「結花、ななみ、準備は良いか？」

「万全ですよ、さっさと終わらせてアイスでも食べましょう」

「メイド～至高の～」

「いつまで歌ってるんだ……！」

正直今回の六十層は三人も居るし、全員が二周目攻略推奨のラジエルの書と戦った猛者である。だから。

「ツクヨミダンジョン六十層まで、駆け抜けるぞ」

踏破する未来しか見えなかった。


さてツクヨミダンジョンは様々な種類の層が存在するダンジョンである。洞窟のような階層もあれば、大きな一部屋の階層もある。まだ行ってはいないが非常に気温が低い凍った洞窟のような階層、辺りが灼熱《しゃくねつ》のような暑さの階層だってある。

四十層までは広大な一部屋階層ではあったが、四十一層からまた通路のようなダンジョンへ戻る。とはいえそれは五十層までだが。

戦闘は当然楽勝であるため、一撃必殺で無双する！　なんてことは無く基本逃げを選択である。一応倒しやすい敵、経験値やドロップが良い敵であれば選択して狩っていく。


ただ少し問題もある。それは戦闘に関してだ。もちろん敵が強いというわけでは無い。だが『ある意味で』を付ければ強いかもしれない。

その見た目が。

「……瀧音さん、さっきから可愛い女の子の敵ばかり攻撃してませんかね？」

「ダンジョンに入る前に説明しただろうが」

四十層から擬人化されたモンスターが少し増えるのだ。四十層前にも出現していたが鳥人間のハーピィや上半身が人間で下半身が馬のケンタウロスだったり、上半身が人間で下半身が蛇というラミアだったり。

もちろん男性型もいるが、女性型の方が基本的に強かったり、良い武器を持っていたりと基本女性優位になっている。ゲームではイラストの力の入り方が桁違いだったな。

「狩るモンスターを選択する、でしたね。でも何で美少女モンスターばかり狩るんですか？　瀧音さんの好みですか？」

「な訳ないだろ」

基本はドロップアイテム狙いだ。魔素狙いなら別なのを狩るのだが今回は不要だし、ここで狩るぐらいなら別の場所で狩りをした方が効率が良い。六十層を越えてくれれば魔素稼ぎに良いところもあるんだが。

そんなこんなで一層、また一層とどんどん先へと進んでいく。そして五十層のボスを倒したところで、俺達は一度休憩を入れることにした。

「じゃあちょうど良いし、ちょっと反省会でもするか」

俺はななみが出してくれたコーヒーを飲みながら提案する。それに結花は良いですよとサンドイッチを食べながら同意した。

「瀧音さんがストールでモンスターの頭を握りつぶして、その仲間達に返却したときは敵ながら同情しちゃいましたよ。いい脅しにはなりましたけど」

さすがに握りつぶしてはいないが、多少スプラッタになったことは否めない。新しいストールを試してただけなんだが。

「あの時のご主人様はまるで悪の親玉みたいでしたね。素晴らしい以外に言えません」

ななみは嬉《うれ》しそうにそんな事を言うが、悪の親玉って素晴らしいのか？　と思っていたが結花も同じ事を思ったらしい。

「って何が素晴らしいんですかね？　ななみさんは瀧音さんが悪の親玉になったらどうするんですか？」

「そしたら悪のメイドになるだけですね、結花様も悪の妹に？」

「悪の妹って何ですか、悪の妹って。なりませんよ！」

悪といえばだが。

「ていうか俺らはすでに式部会という悪の組織に居るんだがな」

「……まー確かにそうですね。でも妹というのはいただけませんね」

と話が脱線し始めたのでそろそろ修正しよう。

「今回は予定通りしっかり逃げられたし、戦いになってもピンチになることは無かったと思う。二人から見て悪い点は無いか？」

俺が尋ねると結花はそういえばと声を上げた。

「瀧音さん、前に比べて全部の行動がワンテンポ遅くないですか？」

「……自覚はある」

それは間違いなくストールのせいだ。昔のストールでも別に攻略に問題は無いのだが、訓練もかねて此方《こちら》を使っている。

「今後を考えるとこのまま新しいストールを使うほうがいいでしょうね。敵も強くないし」

「そうだな、ただ以前のスピードまで戻すのに少しかかるかも？」

「まあどんどん練習して頂いてもっと速くなっても良いんですよ、音速くらい」

音速とか無茶《むちゃ》言うな、人間やめてるだろ。と思ったが自分の身近にそんな人がいたことを思い出す。先輩だ。三強の中でも一番素早さが高いのだが、そのせいで人間を止めてるような動きをするんだよな。俺もそれに追いつくぐらいにはなりたい。

「とりあえず先輩目指すか。それで音速になっても結花も合わせてくれるんだよな」

「まーその時は私必要にならなそうなほど強くなってそうですし、横で見学していますね」

「ご主人様ご安心ください、ななみも離れたところで見ておりますので」

「二人とも全然合わせてくれないじゃねえか」

冗談ですよと、コーヒーを飲みながら結花は言う。口元に少しだけクッキーのカスが付いていたが、指摘する前に彼女はナプキンで口を拭いた。

「まー真面目な話をするとですよ。一度、全部見直した方が良いんじゃ無いですか？」

「……？　どういうことだ」

「ストールに頼るのはもちろんなんですけど、瀧音さんって手も足もしっかり使えるじゃ無いですか。ストールが新しくなったことですし、全体的な動きの見直しもした方が良いんじゃ無いですか？」

確かに結花の言う通りだ。

前のストールを装備しての行動の癖が付いている事は否めない。

「それ良いな。ちょっと先輩やクラリスさんに相談してみようかな」

体を動かすことに掛けてはあの二人はいいからな、場合によってはアイヴィも良いかもしれない。

俺が色々考えていると結花が「瀧音さんって」と切り出す。

「ずっと見てて思ったんですけど。なんていうか順応性高いですよね」

「そうか？」

そうですよと結花は頷《うなず》く。

「私みたいな小娘の話でもしっかり聞き入れて参考にするじゃ無いですか」

「小娘じゃないだろ。それに結花だからこそ参考にするんだけどなぁ」

観察眼が有って戦闘センスも有ってなによりかわいい。話を聞かざるを得ない。

「さすがですご主人様。さらりと持ち上げる点は素晴らしいですね。結花様の耳は妊娠しました。結花ポイント一万入れておきますね」

「ななみさん。お願いですから童貞みたいな気持ち悪いこと言わないでください、ていうか結花ポイントって何ですか？」

「ゆ、結花ポイントをご存じない!?」

「知りませんよ、何で知ってる前提なんですか！」

なんか俺も全く同じ事を突っ込んだ気がするぜ。これななみポイントと同じだとしたら。

「やっぱりポイントの上限は百ポイントなのか？」

「そうですね、ご主人様の言う通り百が上限で、現在は一億二千三十二万六千三百ポイントたまっております」

「圧倒的に上限オーバーしてるじゃ無いですか、上限の意味調べてきてください。てか何で瀧音さんがそんな事知ってるんですか！」

おっとすまん結花を混乱させるつもりは無かったんだ。それにしても結花の発言を聞いているとデジャビュ現象が。

「てか一万ポイント獲得しても別にたいした額じゃないですよね！　このポイントどうするんですか」

「ポイントはいくつか利用方法がございますが、一つあげるとすると……そうですね百ポイントを使用することで、ご主人様は結花様を合法的にマッサージ出来ます」

「え、俺がするの!?」

何で合法的にを付けるとこんなにも危険そうに聞こえるんだろうなぁ。てかなんで合法的にを付けちゃったの？

「まあ……それなら十ポイントでも構わないですね」

「結構前向き!?　そのポイント量だと一生消費できなそうなんだけど」

「なら……」

結花は悪魔のように可愛い笑顔を俺に向ける。

「一生私に尽くせば良いじゃ無いですか」

わざわざ顔を下からのぞき込むように上目遣いしやがって。

お前は冗談で言ってるんだろうがな、一生ぐらいなら楽に尽くせそうですわ。

雑談をしながらの休憩を終え、俺達は攻略の続きへと戻る。五十層からまたマップが広くなった。しかし行動指針はもう話し合っている。

「では予定通りでよろしいですか？」

「うん。基本は逃げよう、逃げにくい敵だけ倒そう」

ドロップアイテムが良いモンスターもいるが、出現率低いし別の場所でも狙えるし今回は無視で良いだろう。また魔素《経験値》を効率的に集められる場所もあるし、可愛いモンスターを観察する以外にあまり良さを感じられない階層だ。

行けるダンジョンがかなり増えていることもあって、ここで狩りするには無駄が多いと思う。このレベルの階層なら、アマテラス女学園のダンジョンの同レベル帯の階層の方が色々お得である。

てかゲームだとアマテラス女学園のイベントが終わったら学園ダンジョンへいつでも行けたんですが、どうやってたんですかね？　行く度に女体化してたのかな。

それから休憩を度々入れながらほぼランニングをすること一日ほど。ようやく俺らは。

「六十層ボスの前に来たと」

「色々はしょりすぎじゃ無いですか」

まあ結花はそう言うが、モンスターからは逃げ、罠《わな》から逃げ、走り抜けてきたからな。何を語る必要があるって感じだぞ。

「語るまでも無い事ばかりでしたからね」

となな《》みは言う。強いて言うなら五十層のボス戦だが、正直ソロで挑んだ四十層ボスの方が強いので、やっぱり語るまでも無かったかもしれない。

「今度は六十層のボス戦ですか。ええと、『フェンリル』でしたか？　まあ紫苑《しおん》さんが大丈夫と言ってたから多分大丈夫ですよね」

「『封印されしフェンリル』な」

今回ダンジョンを攻略するにあたったって、紫苑さん、ベニート卿《きょう》、先輩等の上級生にフロアやボス戦について話を聞いてある。

もちろん俺は元々知ってたが、ななみと結花は知らないはずだ。俺の記憶が間違ってないことの確認も含めて色々と話した。

「じゃ、行きますか」

「そうですね」

さてゲームのバッドエンドを迎えない、最低限である六十層。この階層はゲームでも特別な意味があるし、学園設定でも特別な意味がある。だから出現するモンスターも豪華だ。フェンリルと言えばファンタジー界において、特に有名なモンスターの一匹であるといえるだろう。

北欧神話に登場するオオカミであり、災厄をもたらすとも言われていた奴だ。そのため『グレイプニル』というロープで封印されていたのだが、とある戦争の最中にグレイプニルから抜け出し主神オーディンを食い殺してしまう。ただしその後すぐに殺されるが。

俺達が進んだフロアに居たのは、やはりフェンリルだった。しかしそのフェンリルは『封印された状態のフェンリル』である。そのため体に縄が巻かれており、いかにも普通の状態じゃ無いです感が満載である。

もしこれが縄無しの封印されていない『フェンリル』だったら、まず勝てないので脱出推奨だ。しかし六十層では封印された方しか出ないのでそこは安心していい。

「行くぞっ！」

フェンリルが咆哮《ほうこう》すると体の中を振動が突き抜けていく。封印されし神獣の咆哮だ。耐性が無いと一瞬硬直してしまうが、もちろんそうなることを知っていたから準備をしっかりしてきている。

「……あまり強そうに見えませんね」

その言葉に苦笑する。一般の生徒なら大きな山場になる階層で、その強さに驚き戸惑うこと間違いない。俺が初めてゲームで六十層を攻略したときも、なかなか歯ごたえがあった敵である。見た目は四、五メートル有りそうなぐらい大きくて、恐《こわ》いモンスターなんだが。

しかしすでにラジエルの書を見ている結花には何ら脅威には見えなかったらしい。確かにラジエルの書の威圧の方が強かったしな。

これなら一人でも問題は無いか？　出来るならソロで倒したいんだよな。そうすれば説得するときに説明できるし。あのさ、と俺は結花達に声を掛ける。

「もし良ければ、ストールの訓練もかねて一人で戦わせて貰《もら》っても良いか？　今回はそのな、結構マジなお願いなんだけど」

俺がそう言うと「えー」と結花が声を漏らす。ななみは別に良さそうだ。

「んー。まあーなにか考えがあるんですよね」

俺は頷く。

「なら良いですけど後で私も戦いたいので、その時はここまで付きあってくださいよー。あ、あとヤバそうになったら勝手に参戦します」

ということで結花は今回は譲ってくれるらしい。有りがたい。お蔭《かげ》で色々と試せる。

俺はフェンリルに向かって走り出すと、フェンリルも俺に向かって飛び掛かってくる。

その早さはこの学園ダンジョン六十層までに出てくるモンスターの中でも一番であると思う。

しかしそれ以上に素早い人が今日の夕食を作ってくれるんだよなぁ。

最初に仕掛けたのはフェンリルだった。フェンリルが勢いを付けて飛び掛かると右手で俺を潰そうとする。

しかしそれを俺は第三の手で受け止める。しかしまだ魔力の送り込みが足りないのか、ほんの少しへこむような感触があった。それを突破できるとでも思ったのか、一度後退し反対の手で引っ掻《か》いてくる。

しかしそれも第四の手で受け止める。

戦いながら思ったのは、もっと戦闘前に魔力を込めやすい状態にしておくべき、ということだ。以前のストールより力を流しやすいのではあるが、それ以上に込められる魔力の量が多い。流せば流すだけ操作がしやすいから、もうバリバリ流してしまっていい。

以前までのノリだと全然思ったような力を出せていない。

「力はすごいけど燃費は悪い、と」

フェンリルを突き飛ばしながらふと考える。

ただ今まで使ったことが無いぐらい魔力消費をする可能性があるから、一度限界まで魔力を込める練習をした方が良いかもしれない。

もし実用性に難ありのぐらい魔力を消費してしまうなら、魔力の自然回復量をアップさせるアイテムの入手を検討しても良いかもしれない。てか俺以外にも使える人が居るし、招き猫あるし狙って良いか。

「おっと、今度は噛《か》みつきか」

フェンリルは一旦後退すると鋭く太い牙を俺に向け、勢いよく迫ってきている。

普通に耐えられそうな気もするが、まだ慣れてないストールではちょっと恐い。だから今回は別の手法をとろう。

俺は第三の手の先、金具にまで力を行き渡らせる。次に少しだけしゃがみ足にも力をためた。そしてタイミングを見計らい地面を蹴る。そして飛び上がると同時に第三の手も振り上げた。

昇龍《しょうりゅう》拳である。ストリートでファイトしてそうな主人公がするアッパーを俺はフェンリルの下顎に直撃させた。するとフェンリルは口を勢いよく閉じつつ、さらに面白いぐらい上空に飛ばされる。

　そしてその顔から赤い鮮血が辺りに飛び散った。それは顔に深い切り傷が出来たせいだろう。

「あれ武器にもなるんですねぇ」

　なんて結花の声が聞こえる。

　結花が言うあれと言うのはストールの先に付いている金属の装飾のことだろう。この先の装飾は桜《さくら》さんの服に付いていた十字の装飾と同じ素材らしい。これは刃のような役割も出来、今回のように刃を鋭くすると爪のように扱うことが出来る。

　また地面に突き刺せばスパイクのように利用出来ると思う。とても応用が利きそうな部分で、今後どう使うかを考えるのが楽しみなところでもある。

　さてその威力だが、今のところ申し分ない。

　立ち上がったフェンリルの顔に浮かぶ大きい切り傷。分厚い毛皮が有るのに、それを貫通して肉をえぐったのだ。

　相手は様子を見ているようだったので、今度は俺から行くことにした。

　しかしさっきの攻撃で俺に恐れをなしたのか及び腰である。後ろや横にジャンプし逃げるフェンリル。

　俺はじわじわと距離を詰める。そしてある程度近づくと第三の手を伸ばし、足を摑《つか》んだ。

そして此方《こちら》に引っ張ろうとするも、それはできなかった。相手もそんな事はさせないと踏ん張っていたからだ。

うん。ストールの力が弱い。まだ魔力が足りないのかもしれない。もっと、もっとストールに流し込め。多分あの程度の力なら勝てるはず。

と俺は魔力をどんどん流し込む。すると少しずつフェンリルは此方に引っ張られ始めた。足を引っ張られ、かわいそうな体勢で引きずられるフェンリル。俺はさらに引っ張る力を強め、そして第四の手も使いフェンリルの体を持ち上げた。

持ち上げられたフェンリルは暴れるものの俺のストールから逃れられない。その口には白く鋭い歯が見え、そのあいだからよだれが垂れている。

昔だったらあの牙と強靱《きょうじん》そうな顎を見て、恐いな、と思ったかもしれない。でも今は一切そんな事を思わないし、動物虐待だなんて言われそうだ。

「っはぁーっ？　マジですか？」

それは結花の声だった。多分数メートルある大きなオオカミを持ち上げる絵面は相当なものなのだろう。

その横にいるななみはどこからか三脚と一眼レフを取り出していた。幼稚園のお遊戯を全力で撮影に来るママさんぐらい気合いの入った撮影である。

どうせ撮られているのなら、大技を行ってみるか。

俺は持ち上げたフェンリルを勢いよく地面にたたき付ける。そしてもう一度持ち上げ再度たたき付ける。

以前のストールなら長さが足りなくてこんなことは出来なかった。しかし新しいストールは伸縮性がかなり上がったため、色々応用が利き今回のような使い方も出来たのだろう。

俺は何度かたたき付けるとそれを壁に向かって勢いよくほうり投げる。

普段のフェンリルだったらしっかり着地が出来ただろうが、散々たたき付けられダメージが残ったフェンリルがすぐに体勢を整えることは出来なかった。

しかしさすがフェンリル。ボロボロになってはいるが、まだ立てるらしい。

「刀も必要無かったな」

俺はフェンリルを睨《にら》む。ガクガクと震える足を見て俺はもう負けると思わなかった。

第三の手を使って地面を強く押し、バネから飛び出す弾丸のように俺はフェンリルの所までひとっ飛びする。そして立つだけでやっとだったフェンリルの顔に、第四の爪で攻撃した。

「お疲れ様でーす。圧勝でしたね」

結花は俺の所にやってきて手を掲げる。俺はその手に自分の手を打ち付けた。

そしてすぐ後ろに居たななみにも続けて手を打ち付ける。

「相手がおびえるほどでしたね。さすがですご主人様。さすごしゅです」

本当に完勝だったな。刀を使わずストールだけでフェンリルを倒す事が出来たし。

ただめぼしいドロップアイテムはなかったが。

「それにしても瀧音さんはあまり喜ばないんですね。フェンリルを倒して六十層を攻略したのに」

そりゃあ。

「まあ俺達なら当然と思ってるからな。さ、こんなとこに居ないでさっさと外へ行こうぜ」

と俺達は魔法陣を使い、ダンジョンの外へ出た。

転移魔法陣から出た俺達は明るい太陽を浴びながら、ぐっと大きくのびをする。近くにダンジョンへ行こうとしていたらしき生徒達がいるようで、幾人かがじろじろと俺達を見ていた。

だけどそんな視線にも俺達は慣れたもので、結花はどこ吹く風でツクヨミトラベラーをチェックしていた。多分メッセージを返しているんだろう。

「それにしてもお腹空《なかす》きましたね、今日のご飯は何ですかね？」

結花にそう言われてふと思い出す。

「今日は先輩が腕を振るってくれるらしいぞ」

そうだ先輩やリュディ達にメッセージを送らないと。脱出したら送れと念を押されていたんだった。一応アイヴィや伊織にも送っておこう。

「んー、雪音《ゆきね》さんですか。今日は沢山食べられそうですね」

そうだな。俺もかなりお腹が空いている。シャワーも浴びたいし。

「よし、じゃあ帰るか」

その次の日、全校生徒のツクヨミトラベラーに速報が届く。

タイトルは『式部会一年メンバーが歴代最速で六十層を攻略』だった。

五章

六十層後日談

「すごいですね。ダンジョンへ行く前と真逆ですよ。こっそり嘲笑していた生徒達が化け物を見る目になってます」

俺達は大きな手のひら返しをされていた。

テストが終わって成績が発表された一日後、俺達は沢山の生徒達に馬鹿にされていた。普段はあんなにも大きい顔をしていたのに、良い成績を取れなかったからだ。口だけじゃんと思われたのだろう。俺に至っては前回から何も変わっていないし。

そしてその次の日に俺達は六十層を攻略するためにダンジョンへ行き二日後にそれに到達。

その次の日に発表された『たった三人』で『学園生最速の一年時点で六十層攻略』というニュースで俺達は話題をかっさらった。

六十層というのは、学園生の三年生が卒業間近に到達する階層で、そこまで行けない生徒も多い。またどんなにエリートでも二年生で攻略するのが普通であった。しかし俺達は一年の前半にそれに達してしまった。

俺達を馬鹿にする生徒達はもういない。馬鹿に出来るのが居ないと言えば良いか。

「なんか気分が良いですね」

周りの視線を感じながら、結花《ゆいか》は鼻歌を歌う。この視線を感じるのは結花は初めてだろう。元々式部会は注目を集める組織だったが、ここまでヤバイ物を見る目で見られることはほとんど無いから。

アイヴィが上手《うま》く新聞や学園の掲示板等で煽《あお》ってくれたお蔭《かげ》で、その話題は一年生だけで無く全生徒に駆け巡った。俺達は今最もＨＯＴな話題だろう。

ただ俺は。

「なんかもうずっと見られたせいで何も思わなくなってきたなぁ」

どこへ行っても注目されてたし。

俺の様子を見た結花が、そういえば、と話を切り出す。

「ずっと思ってたんですけど、瀧音《たきおと》さんって誰かに煽られても基本的に知り合い以外にはあまり言い返したりはしませんよね？　なんでですか？」

「そうか？　道を空けろ位は言うけどな」

「ちーがーいーまーすよぉ」

と結花は言う。なんだその言い方、普通に可愛いぞ。

「そういうのじゃなくてですね。今回の締めでお兄ちゃんとバチバチやる予定があるじゃ無いですか」

ああ、そういうことか。

「お前勉強するだけ無駄、学園辞めろとか言わないなってことか？」

「そういうのです」

うーんなんだろ。

「昔は色々考えてあまり発言しなかったんだけど、今は面倒くさくなったからかな？」

「え、昔と今で違うんですか？」

「ちょっと違うな。昔はテストなんかのサボりでやる気が見られないとか言われていたんだけど、相手の言葉も一理あるなと思ってたから甘んじて受け入れてた。それに授業を全否定する発言をして真に受けられても困るのもあった」

「ご主人様はソロで四十層という前人未踏の記録を打ち立てましたからね。授業は無駄だ、ダンジョンいけと言われたら同じようにサボってダンジョンへ行く者が現れそうです」

そう、それなんだ。

「授業だって本当は有用だと思うよ。俺の知識、そして魔法と相性が良くなさ過ぎてサボるという選択肢をとっただけ。皆は授業に出る利点はもちろんある。ツクヨミ学園ダンジョンの知識やモンスターについても学ぶ時間って重要だと俺は思うしな」

俺の発言で授業イラン、ダンジョンLOVEになられても困る。色々すべきだ。

「瀧音さんにしては考えてたんですね。じゃあ今は？」

「俺って結構色々考えるタイプだと思ってたんだが。まあいいや。今は考えるのが面倒くさくなった」

「急に投げやりになりましたね」

「うぬぼれかもしれないけど、マジで俺の影響がデカくなってそうな気がするんだよな。自分の発言で何がどうなるか分かんないし、考えるのもめんどいし言わないのが一番楽かな、と」

「それを言ったら私や結花様もそうなってるかもしれませんね」

ななみの言う通りだ。

「結花も発言力高そうだよな。今回の伊織《いおり》達のように打ち合わせしてない状態で変な事を言うと誰かが不登校起こしたり退学したりするかもな」

口には出していないが、結花の顔が『うっわめんどー』って言ってる。

「ただ式部会が敵であることをアピールもしなきゃいけないし、バランスが大事なんだよなぁ」

と話しながら俺達は伊織達と会うために人が集まる掲示板の前へ向かう。

すでに伊織とギャビーはそこに居た。彼は俺を見つけるとトンと剣を叩《たた》く。これは準備は出来ているよの合図だった。

「よお、伊織。景気はどうだ？」

「やあ幸助《こうすけ》君。頑張った甲斐《かい》があったかなって感じだよ。知っての通り僕は学年で三位だったし」

俺はその言葉に対して笑う。

「おい伊織。まさか学園の成績なんて気にしてたのか？」

「僕は大事なことだと思うけどね」

俺は『あーあもったいね』と呟《つぶや》きながら周りを見る、そして。

「伊織。お前さぁ、馬鹿か？」

「ぷ、お兄ちゃん。点数が有っても実力無いと意味ないですよ？」

「意味はありますわ、そんな事も分からないんですの？」

そう会話に参加してきたのはギャビーだ。ギャビーは結花の前にでる。

「この世界は実力がすべてでは有りませんわ。多少実力があるとしても知能が鳥では宝の持ち腐れですわね。式部会は残念な人の集まりなのですね！」

「っはぁーっ？　鳥頭はどっちですかね。鳥頭ってそれはギャビーさんの方ですよ。あ、間違えましたドリル頭でしたね！」

「私の高貴な髪型を侮辱するのですか？」

とバチバチににらみ合う結花とギャビー。

後は二人は罵り合う手はずになっているのでそちらはスルー。そして俺は伊織に向かって言う。

「結花の言う通りだぞ。実力が一番大事さ。伊織ってもしかして弱いのと一緒に居たことで頭も弱くなっちまったのか？」

「弱い？　誰が？」

「弱いのはこの辺りの奴らだよ。足引っ張られるんだからそんなの無視しろって。才能があるのにもったいないぞ。あと無駄な授業なんかしてないでダンジョンへ行けよ」

「……僕は皆が弱いと思ってないし、授業が無駄だとは思わない」

「へぇーどこが？」

「確かに皆の実力は幸助君には劣るかもしれないよ。でもね皆が足を引っ張るとは思えない！　皆はそれぞれ違う力がある。幸助君の持たない知識を持つ子だって居る。それを利用した研究をしている子だって居る」

「つまり」

「要は何を伸ばすか、さ。君みたいにダンジョンのことしか考えてないと、皆から足をすくわれるよ？　何も実力だけが正義じゃないんだから」

「ふぅん」

「それにここに居る皆はどんどん強くなってる。今は君に皆が負けているかもしれないけれど、すぐに追いつくさ。僕には分かる」

と辺りの生徒達を見る。おお、伊織の台詞《せりふ》はある程度皆に自信を与えたようだ。まあ先ほどから話している伊織だが、台詞はほとんど俺が考えたヤツである。そのせいで自分で言って自分で否定している気分になってるが。

「何の騒ぎですか？」

そんな時に登場したのは風紀会である。リュディが俺達の間に立ち、カトリナが結花とギャビーの間に入り二人をたしなめた。

タイミングはバッチリだ。

「リュディじゃん。今日も綺麗《きれい》だね、今日食事に行かないかい？」

「はぁ、ありがとうございます。今日は予定がございますので申し訳ありませんが」

おっとそういえば一応お嬢様だったな。他の生徒の前で話さないから忘れてた。

「なんだ、つれないね」

「ごめんなさい幸助君。私は貴方《あなた》と違って忙しいの。それでもう一度聞かせていただきますが、ここで何がございましたか？」

学園で人気のあるリュディに冷たくあしらわれる様は、生徒からするといい気味と思われるだろう。

「なに、伊織達が突っかかってきただけさ」

俺がそう言うと伊織は首を横に振る。

そしてリュディは辺りを見回した。

「辺りの雰囲気から、式部会の方が突っかかったように見受けられますが？　これ以上ここで騒ぎを起こすのは控えてもらえるかしら？」

おいおい、信頼が無いなとばかりに俺は肩をすくめる。

「俺だって騒ぎを起こすつもりは無いさ……おいおい、そんな目で見るなよ皆」

「どうやら周りはそう思ってないみたいよ」

俺に向けられるのは敵意。まあこんなことを言えば仕方ないか。

「まあいいや。分かった。分かったよリュディ。最後にちょっと。おい伊織」

「なんだい、幸助君」

「俺はさ、お前を買ってるんだ」

俺はそう言って伊織を見る。

「お前はさ、よくやってるよ。一年生の中では俺の次に強くなれる奴だと思っている。だから授業なんか出てないで、こんな有象無象なんかともつるんでないで、さっさと上に来いよ」

もちろん自分はそんな事を思っていないなし。ほんと失礼極まりない、クソ野郎の発言だ。

それは言った自分が一番理解している。

「いや、それは違うよ。全部違う」

伊織は俺のクソ発言をしっかり否定した。

「おいおい何が違うって言うんだ？」

俺は魔力をストールに込めつつ、刀に手を添えた。

すぐさまカトリナが俺の前に立ち「これ以上はやめなさい」と警告する。リアリティを出すために身体強化も行い、武器を抜いていた。どうやら今日はいつものダガーでは無く、ダンジョンで入手出来るレア双剣だった。カトリナは双剣にも適性があるから、なかなか良いチョイスだと思う。

それに対しななみが俺をかばうように立つ。リンゴを片手に持ち、果物ナイフでカトリナを牽制《けんせい》していた。果物ナイフはギリ理解したとして、なんでリンゴなんだ。

伊織もまた剣に手を添えていたが、そちらはリュディが止めに入っていた。

一触即発、そんな言葉が似合いそうな雰囲気だ。

そんな重い空気の中、口を開いたのは伊織だった。

「幸助君。さっきも言ったけど彼らと研鑽《けんさん》するのも間違いでは無い。僕は彼らと切磋琢磨《せっさたくま》して強くなってるから。それにね」

そう言って彼は一旦言葉を切る。そしてにっこり笑った。

「そもそもだけどね、前提がおかしいんだ」

「前提、ね」

「うん。だって僕が実力で一番だから。幸助君、君は二番目」

思わず笑みがこぼれる。大体の流れは以前相談していたが、こんなことを話すなんて聞いてなかった。

言うようになったじゃねぇか。

「そうか、じゃあ早く来いよ」

俺は込めていた魔力を霧散させる。

「俺は先に深層に行ってるから。行くぞ、ななみ、結花」

俺がそう言うと結花はギャビーにフンッと言って背を向け俺の所に来る。俺は顎で別の所に行こうぜと促した。

ななみは果物ナイフをしまい、リンゴを俺に渡してくる。なんでだよ。くそ、ヤバイ。動揺を隠さなければならない。とりあえず歩きながらかじっておこう。てか果物ナイフを手に持っていたのに剝《む》いてはくれないんだな。おいしい。

その場から離れて俺達は月宮殿の中に入る。なかなかいい演技だったのでは無かろうか。

だがその前に聞きたいことがある。

それは結花が聞いてくれた。多分彼女も疑問だったのだろう。

「ななみさん、リンゴは何でですか？」

「メイドと言えばリンゴですよね、音の響きも似てらっしゃいますし」

「一切似て無いんだよなぁ……それでなんでそんな事をしたの？」

「今回出番が少ないとご主人様が仰《おつしや》っていて、私は『そんなまさか』と思っていたのですが本当に少ないじゃ有りませんか。これはインパクトを残さないと私が忘れられてしまうと思い、満を持してリンゴを出しました」

何が満を持してだよ。意味が分かんねえよ。

「お前な、アレのせいで俺すごく動揺したんだぞ」

「私は笑いをこらえるのに必死でした。瀧音さんが一瞬ガチな顔をして……ぷ、ぷぷ、今思い出しても笑えます。多分リュディさんも笑いをこらえてたと思いますよ」

「まあそれも狙ってました」

ななみにニヤリとされてしまった。あれってウケ狙いだったのか。まあいいか。

「そういえばですけど、この後ってどうするんですか？」

結花が俺に尋ねる。ええとこの後は。

「ああ、解散だ。俺はそのままソロでダンジョンに行こうかなと思ってた」

「もしかして今日の朝仰ってた件ですか？」

俺は頷《うなず》く。朝に花邑《はなむら》家メンバーに対して宣言していた。

今度は六十層をソロで攻略すると。

そのため結花とななみにお願いしてソロのボス戦をしたのだ。それは花邑家に『まあソロでボス倒せるなら大丈夫か』と安心させるためである。以前勝手に色々やったら不安にさせてしまったからな。ちなみにななみの撮影した写真も安心させるのに役立った。姉さんがしれっと何枚かポケットに入れたのを俺は見逃していない。

そんなこんなで俺はダンジョンに行くのだが。

「まあ、あと一時間位したらかな？　行くよ」

それを聞いた結花は腕を組み首をかしげる。

「あれ、私達昨日なにしてましたっけ？」

「結花様、昨日はツクヨミ学園ダンジョンの六十層を攻略いたしました」

ななみの答えにそうですよねと結花は頷く。

「あの……休みは挟まないんですか？」

「？　今休んでいるようなもんだろ？」

と俺が言うと結花はたいそう大きなため息をついた。

「っはぁーっ。ななみさん、この人頭おかしくないですか？　ブラック企業も真っ青レベルですよ？」

おいおい、ブラック企業はもっとヤバいぞ。残業代出ないからな。

「まあご主人様ですから」

「ななみ、それフォローになってないような？」

なんて話をして俺達はそこで解散した。そして俺はここに立っている。

「また来たな」

ツクヨミ学園ダンジョン。

このダンジョンの六十層ボス『封印されしフェンリル』はいくつかのドロップアイテムがある。

そのうちの一つ『切れたグレイプニル』が欲しかった。しかしそれは黄金の招き猫を持っていたとしても低確率だ。

とはいえフェンリルだけ狩るなら経験値はそれなりにおいしいし、もう一つのドロップアイテムの剣もなかなか有用だし、結構人気の狩り場でもある。

六十層を攻略した一番の目的はそれである。簡単にボスが倒せるようになったため、魔素効率《経験値》ヨシ、ドロップアイテムヨシである。ちなみにソロが一番効率が良い。

皆の度肝をぬきながら式部会へイトをためるのは、正直ついでである。

「さて、準備も出来たし」

俺はストールに魔力を込める。

「フェンリルマラソンに行きますか！」

一般生徒が聞いたら卒倒しそうな言葉だよなぁと思いながら、俺はダンジョンの転移魔法陣に乗った。


それから二日後、フェンリル狩りが軌道に乗ってもう楽しくて仕方が無くなってたときだった。俺、結花、ななみが生徒会室に呼び出されたのは。

そこには三会会長達、そしてハンゾウ、アイヴィ、アネモーヌがすでに着席していた。アネモーヌは俺を見ると自分の隣に座るように声を掛ける。

俺達が着席するとアイヴィは緑茶を出してくれた。

「何で呼び出されたか分かっているわよね？」

とモニカ会長は切り出す。しかし俺には思い当たることが無かった。しかし結花とななみには有るようだ。

「ええと……フェンリル狩りしすぎ、とか？」

それを聞いたモニカ会長はため息をついた。ほんと深いため息をつかれた。

「違うわ。そんなことで呼び出すわけ無いでしょ……ちなみに何体倒したの？」

「ここ二日で五体ですね」

最初は一日二体しか倒せなかったが、効率を突き詰めた結果一日三体行けることが分かった。さらに突き詰めれば一日四体も行けそうな気がしている。

呆《あき》れた様子で俺を見るモニカ会長と聖女。笑うアネモーヌとベニート卿《きょう》とアイヴィ。そして無言のハンゾウ。三者三様だ。

「……三会の事よ」

聖女が呆れた様子でそう言う。

あ、そうだった。なんて言葉を漏らすところだった。かなり重要な事だというのに、そんな事を言ったら怒られそうだ。

正直いえば隠し事を知っているし、あまりにもフェンリル狩りの効率が良くて、そのせいで楽しくなってすっかり忘れていた。

「それで、あなた達は聞く気がある？」

モニカ会長は俺達に尋ねる。以前命の危険があると言っていたから、それで確認をとっているのだろう。

「もちろん、あります」

結花となななみもだ。

「あります」

「私に傷を付けられるのはご主人様だけですね」

ななみ、よく分からんことを言うな。

「そう……はぁ」

そう言ってモニカ会長は大きく息をつく。本心としてはあまりしゃべりたく無いのだろう。

「あなた達早すぎよ」

代わりに聖女は俺達にそう言った。

「そうですかね？」

「うん。十分早いよ。僕だって二年の後半に教えて貰《もら》ったからね」

そう言うのはベニート卿だ。

「まーちょっと早まったと言うことで教えてください」

結花の言葉にアネモーヌは笑う。ちょっとどころでは無いと。

モニカ会長は『核心を話す前に』と前置きして、

「教えると言っておいてなんだけど、聞いておきたいの。三会のシステムを聞いたときに何か思うことは無かった？」

そんな事を聞いた。

「ああ、それですか？　私はずっと思ってましたよ。この三会システムなんていつでも破綻しそうだなって」

答えたのは結花だった。

「破綻しそう、ね」

結花はベニート卿の言葉に頷く。

「だってそうじゃないですか。だって卒業生とかから三会システムを聞くことだって出来るでしょうし、三会会員の兄弟が居れば下の子の方に情報を伝えることが出来ますし。現にギャビーさんは色々知ってましたし」

「そうね」

「だから私は最初から思ってましたよ。三会システムは口約束みたいな軽い信用で成り立ってる、いつでも壊せる秘密のシステムだと」

結花の辛辣な言葉だ。でもまあその通りなんだよな。簡単に言えばいつどこでバレてしまってもおかしくないシステムだと。

「でも逆に言えば、バレて良いと思ってるんじゃないかって最近思うんですよね。何でなのかは分からないんですけど」

結花のその言葉で俺となみ以外の皆が驚いたような表情をしていた。

「ほんと頭の回転が速いわね。ベニート、生徒会の定員を会長権限で一人増やすから、彼女貰っていい？」

「だめだよ。結花さんは僕達の大切な仲間だからね。それにもう式部会で活動実績があるのに今更無理でしょ？」

モニカ会長の誘いをベニート卿が断る。

「残念ね。結花の言う通りよ。貴方《あなた》達に教えた三会の役割『三つの組織で対立を起こし生徒の質を向上させる』は表向きの理由で別にバレてしまっても良いと思っているの」

「それはなぜです？」

ななみが尋ねる。

「知ってる？　秘密を一つ知るとたいていの人は満足してそれ以上詮索しないことが多いわ。それが真の役割を隠す蓑《みの》となってくれる」

モニカ会長の話を聞いて結花が目を細めた。

「へぇ、真の役割。ならその真の役割って何なんですかね？」

結花が問う。

モニカ会長は俺達を真剣な顔で見つめて小さく息を吐くと、それを言った。

「真の役割。それは、ツクヨミ魔法学園に存在している、『裏ダンジョン』に関しての事よ」

六章 カトリナの苦悩

『瀧音幸助《たきおとこうすけ》がソロで六十層を攻略した』

―カトリナ視点―

そのニュースは全校生徒だけでは無く、三会、そして教師達でさえドン引きするようなことだ。

もはや常識の破壊だとアタシは思っている。

彼はヤバイ奴、それは満場一致の意見だろう。だけど伊織《いおり》やオレンジもまた頭のネジが外れているヤバイ奴と思う。瀧音幸助を見て普段通りの表情で僕達も続こう、だなんて言うんだから。

さてそのヤバイ奴、瀧音幸助が成した事の影響は大きかった。

風紀会の先輩達に聞くところによると、このような状態の式部会を今まで見たことが無いらしい。

本来ならもっと生徒達は式部会に対して攻撃的になるらしい。テスト結果が張り出されたときのように。

そんな式部会を守るのがアタシ達風紀会の役割だった。『相手が式部会だとしても風紀を乱すな』と。『風紀会も式部会を悪だと思うけど、でもだからって暴力に訴えては駄目だ』といったように綺麗事《きれいごと》を並べて。

本来ならそれが一年中続くはずなのだが、一週間も持たなかったなと、水守雪音《みずもりゆきね》副隊長は笑っていた。

それは瀧音幸助を筆頭に式部会一年生達が明らかにおかしいペースで強くなっている事から、怒りから畏怖に変わってしまっているのではないかと予想されているらしい。

それは伊織達と昨日行った茶番でも見られた。

瀧音達は恐れられていた。しかしそれに対して伊織達の堂々とした態度は多数の生徒達の自信となったらしい。

とはいえわざわざケンカを売る人は居ないだろうというのが、雪音先輩の予想だ。だから今年の風紀会は楽だとも言っていた。

「ただそれが必ずしも良いことだとは思わないな」

と雪音さんは言う。

「あまりに敵が強大すぎると、場合によっては生徒達のモチベーションを下落させる可能性がありますね」

副会長のフランも同意した。

「そうだな。しかし逆に敵が強大の方がやる気を出す奴もいるだろう。代表例は瀧音だ。モニカ会長を倒すという大きな目標があって、それに向かって邁進《まいしん》している」

「アイツは手の付けようが無いじゃん」

とアタシは愚痴る。だって六十層ソロだなんて、自分には想像が付かない。

「なに、瀧音が異常なだけだ。今の一年生は里菜も含めて皆がすごい勢いで強くなっている。昨年の私を越える勢いでな」

そう言って雪音さんはアタシの肩に手を乗せる。

「大丈夫だ。里菜も成長している」

アタシはそう言われて、以前の花邑《はなむら》家で行ったクイズの後、雪音さんに相談したときのことを思い出した。

アタシは誰かに相談することはあまり得意では無かった。でも雪音さんは非常に話しやすかった。そしてとても親身になって相談に乗ってくれた。

「安心して良い。里菜には才能があるよ、それは私も認めることだし、なによりステフ会長がそう思っている」

彼女はそう言ってくれた。

「ステフ会長がですか？」

「ああ、そうだ。それに瀧音も言っていたのを聞いた」

あいつが言う事は本当の事だ。いや本当では無いかもしれないが、それを事実にしている。ただ一つ、本当の事でも無く事実でも無い事を挙げるとすれば。

それはアタシの事だろう。

「努力もしているし、それをこのまま続けることが大切だと思う。私もしばらく足踏みをしていたが、とあるきっかけで一気に成長できてね。しかしそれは普段の訓練を絶えずしていたから出来たことだと思っている」

そう言って雪音副隊長は目を閉じる。

「いつか大きく羽ばたくためには、大きな助走が必要になることもあるんだと思ったんだ。私は断言しよう。里菜。お前は大きく飛躍できるときが来る」

「そうですかね」

「なに、それなら私や伊織君らが後ろから背を押すさ。瀧音なんかは押すどころか背中に乗せて走ってくれるかもしれないがな。ははっ」

「だけどその間に皆に迷惑を掛けてしまう」

「皆は気にしない……いや、里菜はそういうことを気にするのか」

ふふっと雪音さんは笑い、アタシの頭をなでる。

「里菜はとても優しいな。私は里菜が大好きになったよ」

アタシは優しいのだろうか。

「みんな持ちつ持たれつなんだ。里菜は何も思っていなくても里菜が居てくれたお蔭《かげ》で助かったと思っている人が居る。伊織だってそうだしステフ会長だってそうだ」

「そう、なんでしょうか」

「そうさ。だからあまり気にしすぎるな。里菜は成長している。だから無茶《むちゃ》はしないようにな」

成長している、そう言われたのだ。でもアタシは本当に成長している？

スッと意識が自分に戻っていく。

「どうした、里菜？」

「あ、いえなんでもないです。アタシはちょっと用事があるので行きます」

そう言ってアタシは風紀会室から退室する。伊織達に背を向けて。

そして一人でダンジョンへ向かう。

ソロが危険なのはちゃんと理解している。だからケガや死のリスクがあるということも。

でもケガなんかより自分が弱いことが耐えられなかった。不安に押しつぶされそうだった。

上に突き進む瀧音や伊織を見て。自分は彼らと一緒に上へと上がっていけるのか。

特に伊織だ。以前伊織は可能性の種という物を手に入れた。彼はそれを誰が食べるかを相談し、満場一致で彼が食べることとなった。

もちろん彼がそれを食べることに文句は無い。彼が一番その件に関して頑張っていたから。

しかし彼の成長スピードにアタシがついて行けるかが、悩みの種になってしまった。

もともと異常な速さで強くなる彼だが、可能性の種を摂取したことによって加速するのではないか。そんな事を思った。

アタシが彼の足を引っ張る可能性があると思っている。

伊織は皆の成長を待つ人だ。彼は勉強が出来ない子が居れば自分の手を止めて一緒に勉強してあげるような、優しい性格だった。

それが逆にプレッシャーだった。

置いていく人ではない、それを理解していたけどアタシはいつも最悪のことを考えてしまう。

アタシは成長出来ずいずれ見捨てられ、孤独になるのでは無いかと。風紀会もいい人ばかりだが、それがまたプレッシャーだった。もしアタシが足を引っ張るようになったら……。万が一置いていかれ、触れてはいけない雰囲気になったら。

……ベニート卿《きょう》は以前『才能無しはさっさと退学すればいいのに』と言ったことがある

らしい。

伊織はその言葉を否定すると思う。でもアタシは否定はしないし、それなりに的を射ているると思っている。だって才能が無いのに必死に努力して。それで夢破れて中途半端にしかならないなら、さっさと止めて無難な道を探す方が良い。

「才能無しはさっさと退学すればいいのに、か」

それは今のアタシではないかと考えてしまう。いっそのこと大けがを負って魔法使いや冒険者を引退せざるを得なくなる方が良いのだろうか。

色々な感情がグルグルと渦巻いている中、アタシはダンジョンを進んでいく。

それから数時間後、アタシは汗と敵の血などでベトベトになっていた。

「帰ろう」

アタシは装備していた双剣を鞘《さや》にしまう。伊織や瀧音に追いつくためには、火力を上げる必要があると思い、手数も増やせそうな双剣を新しく使い始めた。たまたまダンジョンで手に入れた武器だが、今のアタシが持つ武器の中で一番攻撃力があったのも、この武器を選択した理由の一つである。

学園の教授や雪音さんが手ほどきをしてくれたお蔭でかなり扱えるようになった。今日はかなりの数の敵を倒せたと思う。

「はぁ」

学園近くのダンジョンだと、色んな人に見られたり誰かに声を掛けられたりするかと思い、学園から遠いダンジョンに行っているのだが。

「帰るのは面倒くさい」

どうせなら自室がダンジョンにでもなってくれれば移動が楽なのであるが。アタシは無限収納袋《アイテムボックス》からタオルを取り出し、汗や汚れを拭く。

昨日は洗濯機を回さなかったから、今日は洗濯しなければならない。だけど今は何もかもが面倒くさい。お腹《なか》が空《す》いているけれど、食べるのも面倒くさい。シャワーだけ浴びてそのままベッドにダイブしたかった。

とそんな事を考えながらアタシが寮へ帰る途中。そいつはいた。

見た目はスーツを着たジェントルマンとでも言えば良いだろうか。白銀の髪に黒いソフトハットをかぶった男性だ。片方の手には杖《つえ》を持ち、もう片方の手には花束がある。

メイド服やら着物やらの奇抜な格好をした者達が学園を闊歩《かっぽ》しているから、学園内だったらこんな奴もいるのかと納得したかもしれない。

でもここは瀧音幸助から教わったダンジョンの近くであり、決して住宅地でもオフィス街でも無い。むしろあたりには草原が広がっている。

彼が纏《まと》う雰囲気もまたアタシの勘がヤバイと言っていた。

二つの案がアタシの中に浮かぶ。

背を向けて逃げるか、見なかったことにして通り過ぎるか。

ただ彼が立つ方向が町へ行くための道である。

家に帰れなくなるが、逆方向に逃げるか？

「そう、警戒しなくてもいいんですよ」

彼はアタシに向かってそう言った。しかし口を開いたようには見えなかった。頭に直接響くような、そんな声だった。

余計警戒するに決まっている。

「しない方が無理でしょ」

アタシは双剣を抜きそいつに視線を向ける。すると彼はゆっくりこちらに向かって歩いてきた。

辺り全体から警報が鳴り響いている気分だった。ラジエルの書ほどではないものの、彼からは大きな力を感じた。

そしてアタシが一歩踏み出せば彼を切り飛ばせる、そんな距離まで来てようやく彼は止まった。そしてその場にひざまずくと手に持つバラを差し出す。

「貴方《あなた》とお会いすることを楽しみにしておりました」

まるでアタシのことを知っているかのような言いようだ。

「告白？　あいにくアタシはアンタみたいなのに興味は無いから」

「つれないですね。クックック」

嫌な笑い方をする。

「じゃ、そういうことで」

そう言ってアタシは横を通り過ぎようとする。しかし彼はアタシを止めた。

「まあ待ってください、貴方に良いお話があります」

「アタシには無い」

「貴方は私に会えた事を幸福と思うでしょう」

そう言って笑う彼の目、そして口の中を見てすぐさまアタシは双剣を抜く。そして差し出されているバラを切り裂いた。

「おやおや、どうされたのですか？」

彼は逃げなかった。剣を突きつけられているというのに落ち着きさえあった。

斜めに切り裂かれたバラを持ちながら、笑っている。

「アタシの台詞《せりふ》よ。なんで魔族がこんな所に居るのよ」

やけに尖《とが》った犬歯に赤い目、そして纏う雰囲気。初心者ダンジョンでモニカ会長が倒した魔族にそっくりだった。

「ほぉ、驚きました。よく私が魔族だと分かりましたね？」

彼はそんな事を言うが一切驚いているように見えない。

「戦った事があるからね」

どうする。戦うのはやめた方がいい気がする。なら走って逃げるか。ツクヨミトラベラーでグループ通話を繋《つな》ぎ、走って居れば誰か拾ってくれるだろうか？

アタシが身体強化を施し足に力を入れる。

「まあまあ落ち着いてください、私は貴方と戦いに来たのではないのです。貴方の助けになろうと思って来たのです」

そう言って彼は切り裂かれた花束をぽいと捨てると、片方の唇が少しつり上がった笑みを浮かべた。気に食わない、うさんくさい笑顔だ。

「助け？」

「そうです。今貴方は悩んでいらっしゃいますね？」

確かに悩んでいるとはいえ、馬鹿正直に口に出すことをするつもりはない。

「夕食を何にするかなら悩んでるわね」

「食事ですか。大切な事ですがそんな事ではありませんよ」

「なら身長《タッパ》かしら」

「身体的な事であれば、少し近いですね。貴方が悩んでいるのは……」

そう言うと同時に彼の姿から黒いもやが生まれ、姿がかき消える。アタシはすぐさま振り返りながら双剣を後ろに振った。

　ガキン、と金属がぶつかるような音が辺りに響く。

「強さです。強くなりたいと願っていますね？」

　双剣を振った場所、アタシの後ろにはその魔族が立っていて、いつの間にか持っていた短刀でアタシの剣を防いでいた。

「何でそう思う？」

「毎日のように必死にダンジョンに潜る姿を見ていましたからね」

「ちっ、いつからストーキングしてんだよ」

「まだ二週間ぐらいですよ」

　それにアタシは気がつかなかった？　そんなまさか？

「貴方は自分の力を引き出せていない。それは力を封印されているからでしょう。ダンジョンに潜るより、その封印を解除するだけで今の数倍強くなれると申し上げますね」

　封印って。

「ちょっと待った。アタシは封印とかされてないっつの。それにアタシは魔族の力なんて必要ないし、魔族に関わるつもりも無い」

　アタシがそう言うと、心底おかしいとばかりに魔族は笑い出す。

「ふふ、ふふふ。ふははははぁ！　はーっははっはっ！」

「むかつくわね、何がおかしいの？」

「失礼、私は驚きましてね。母親は何も話していないのですか？」

「だから何の話よ」

「簡単です、父親のことです」

父親？

「ほら、貴方の父親のことですよ……それによって生まれた、生まれてしまったあなたの事です」

アタシの父親なんて、生まれてこのかた見たことが無い。むしろ居ないことでアタシは虐《いじ》められたことすらある。幼い頃に体が弱かった事も原因の一つだけど。

「……興味、ないわね」

「それは嘘でしょう。貴方の顔には話してほしいと書いてあります。貴方は幼い頃自分の体が弱かったとか病弱だったとかはありませんか？　私の予想ではあるんですが」

ふと幼い頃の事を思い出す。確かにそんな時はあった。

「心当たりがありそうですね。まあこの封印ならそうならざるを得ないですし」

「アンタ、何を知ってるの？」

「貴方より貴方のことを知ってると申し上げましょうかね。とりあえずこれをどうぞ」

そう言ってそいつはアタシに何かを投げた。アタシはそれをキャッチする。

それは先ほど切り裂いた花束と同じ種類の花束だった。そしてその花束の上には、何やら手紙のような物が載せられていた。

「ここでは封印を解くのが難しいので此方《こちら》に来てください。貴方の封印を解いて差し上げましょう」

「何でそんな事をするの」

「まあどうなるか面白そうという理由が一番ですかね。ただ貴方が来ることで後悔はさせませんよ。貴方は今とは比較にならないぐらい強くなれるのですから」

「……だからアタシは魔族に関わるつもりは無いの」

「ですからその考え方は間違ってますよ……まあそれについても来ていただけたらお教えします」

そう言って彼は足下に魔法陣を作りながら、『ああそうだ』と言う。

「貴方一人で来てくださいね。お待ちしておりますよ」

やがてその体が黒い粒のような物に変化していく。そして魔族の体は黒い粒に埋まり消えてしまった。それは転移魔法陣に乗ったときのような反応に近かっただろうか。

アタシは手にあるその赤い花束を見つめる。美しいその花には大きなとげが付いていた。

それから自室に帰るまで、知り合いに会うことはなかった。

アタシは持ってきてしまった花束を取り出す。そしてその手紙を開いた。

そこにはとある場所の座標のような物が書かれていた。

アタシはそれをテーブルの上に置くと、シャワーも浴びずベッドの上にあおむけで倒れこむ。

「小さい頃病弱だったのは、封印されていたから?」

確かに病弱だった。それは正しい。後は。

「父親、ね」

母がアタシに謝ったことを不意に思い出す。

『私のわがままに付き合わせてごめんね』

とても悲しそうな表情でアタシにそんな事を言った母。様々な考えが頭の中をぐるぐると駆け巡る。母のわがままって、なんなんだ。

「生まれてしまったアタシの事、って魔族は言ったわね」

色々考えるけれど行きつく考えはすべて悪い物ばかり。誰かに相談をしていいのか。いや、だめだ。

「親のことも気になる、でも何より」

アタシは力が欲しい。アタシは力を欲している。

このまま足を引っ張り、風紀会の腫れ物のようになりたくない。伊織達に置いていかれたくない。

でもアタシの勘がこれは罠《わな》だと言っている。魔族が自分の利が無いのに手を貸してくれることがあると思えない。

「もし魔族に関わるなら、最悪捨てることを考えないとダメよね」

魔族は皆の敵である。場合によってすべてを失う覚悟でアタシは行くしかない。すべてを捨ててまで、アタシは得るべき力なのか？

伊織、リュディ、委員長、ガブリエッラ、オレンジ、結花《ゆいか》……皆はついて行かないだろう。

ふと瀧音幸助の顔が浮かぶ。アイツならどうするのだろう。

アイツはすべてを失う覚悟で行くのだろうか。

でもアタシはアイツのように強くなるために、このままでいいのか？

それこそ魔族にでも頼らないと追いつけない？

しかし相手は魔族だ。ああもう、どうすればいいんだ。

アタシは。

◇

「お待ちしておりました」

あの手紙を受け取った次の日。アタシが指定された場所に向かうと、そこにはすでに彼がいた。

「来るとも分からないのにずっと待っていたの？　気持ち悪いんだけど」

「必ず来ると思っていましたよ。それに私達魔族は人とはまた時間の流れが違うのです。数日など苦ではありませんよ」

待っていたのは否定せず、彼はそんなことを言う。桜《さくら》さんもそうではあるが、長命の種族は実際にそう考えるのだろうか。

「では行きましょう」

「あ、どこへよ？」

こんなよく分からない所に呼び出して、さらにどこかへ行くというの？

「ダンジョンですよ。私もダンジョンの力を借りないと貴方の封印が解けないのです」

「……アンタとダンジョンね。不安しか無いっつの。後ろから攻撃飛んでくるんじゃねーの？」

「もし心配なら帰還するための魔石を持っていてください。攻撃なんてしませんよ。一応私の配下に掃除させてありますし。では行きましょうか」

「ここでアタシが行きたくないだなんて言ったら、アンタはどうするの？」

「そしたらここに来ないでしょうね、さあ行きましょう」

アタシはツクヨミトラベラーを取り出し、用意していたメッセージを皆に送信する。

それは別れのメッセージだ。何が起こるか分からないなら、最低限しておかなければならないことだ。

それから魔族案内の下、水晶の洞窟のようなダンジョンを進む。彼の言った通り魔族の配下がすでに敵を片づけていたみたいで、敵と会うことは無かった。

だから魔族について結構色々な話をした。

「魔族といってもその行動原理はそれぞれです。魔族がすべて悪だとは思わない方が良いですよ。もちろん人間から見た悪です」

魔族にも人間の味方がいるらしい。

「人間から見た悪、ね」

「ネズミから見れば猫は自らを捕まえんとする敵ですね。しかし人間から見る猫はかわいらしく、病気を媒介するネズミを退治してくれる存在に見えます。しかし猫は病気を持っていることもあるし、人間を嫌いな場合もある。こういう場合どの立場で見るかで色々と見方が変わりますよね？」

彼は立場が違えば、善も悪も変わると言いたいのだろう。

「邪神を崇拝する者もいれば、上位の魔族、人間に分かりやすく言えば貴族のような魔族がいまして、そちらに忠誠を誓う者もいます」

そんな話をしながらたどり着いたのは、大きい広間と沢山の水晶がある場所だった。彼はここが目的地ですと言った。

「魔族の中にも色んな者がいるとお話ししましたね」

そう言いながら彼はトントンと近くの水晶を叩《たた》いた。

「ええ、さっきしたわね」

「だから貴方《あなた》が生まれてしまった」

彼はそう言って此方を向き、アタシをじっと見つめる。

「単刀直入に言いましょう。貴方のお父様は人間の味方をした上位の魔族です。貴方はその血を引いており、魔族の力が貴方のお父様によって封印されています」

「……うそ」

「貴方は魔族と関わる気が無いと言っていましたね？　とんでもない。そもそも貴方自身が魔族なのですよ」

七章　カトリナの異変

ツクヨミトラベラーにカトリナからメッセージが届いたのは、伊織《いおり》と今後の相談をしていたときだった。

それもどうやら伊織にも同時に届いたようで、俺達は何だろうとそれを開いた。

『アンタにこう言うのは何となく癪《しゃく》に障るんだけど、一応ね。色々して貰ったから。ありがと』

「伊織、なんて書いてあった？」

「……コレは。ええと、え？　ど、どういうこと？　なんか自分の方に問題があって、風紀会をやめるだとか学園をやめるかもしれない、みたいなこと」

そうか、やはり。

「俺の方はただの感謝か、今生の別れかのどちらかだな」

「ええ、今生の別れって、そんな……！」

ワンチャン何かしらの罰ゲームで送った可能性も有るかもしれないが、まあ。

「九割方別れの方だろうな。伊織もそんな感じの文章だろ」

伊織は真剣な表情で自分に届いたメッセージをもう一度見つめる。その深刻そうな顔を見て俺は大きく深呼吸をする。

いつか来るだろうなと思っていたし、準備も一応していた。

「行くぞ、伊織」

「う、うん。でもどこに？」

起こった場合は早く行動をした方が良い。そして今回誰を巻き込むかはもうすでに決めていた。

「風紀会だ」

まずは現状確認だ。ツクヨミトラベラーでななみにメッセージを送る。もしすぐに既読にならないようなら通話をするつもりだったが、すぐに既読は付いた。そして桜《さくら》さんにも一報を送っておく。

俺はななみを風紀会に呼び出しながら、月宮殿の風紀会の所へ向かう。

俺達がそこにたどり着くと、何名かの風紀会の生徒達が話していた。聖女は入室してきた俺達を見るとすぐにこちらに近づいてくる。

「どういうことか知っているわよね？」

その表情には少し怒りが見える。

「ええと、里菜のことですか？」

伊織が質問に質問で返すと聖女は頷いた。

「それが僕達も何が何だか。私事だけど、もしかしたら風紀会をやめるとか、場合によっては学園をやめるとか、そんなニュアンスのメッセージが来てて……」

「はぁ。学園を一日休んだかと思えば次の日も休むし集まりにも来ないし、来たのは貴方と同じようなメッセージだけ。なんで私に相談しないのかしら」

聖女にもなんらかのメッセージが届いていたようで、その件で話し合っていたらしい。

またメッセージが来たのは俺と伊織と聖女だけだとか。

「里菜はどこに居るんですか？」

「分からないわ、それに連絡がつかないの」

伊織の言葉に聖女が返す。まあ現時点では何が起きてるかもどこに居るかも分からないだろう。

それにしてもカトリナから来たメッセージだ。本来なら伊織は確定で、後は所属している会の会長にメッセージが来るはずだった。なんで俺にまで来たのかは分からない。まあ誤差の範囲だと思うが、なんかまたゲームとは違うパターンだから少し恐《こわ》い。

「……あなた達、最近の彼女の様子で何か知ってることがあれば話しなさい」

ため息を吐きながら聖女は言う。

「学園の成績で悩んでいたのは察してて……たまに一人でダンジョンへ行っていたようでした」

それを聞いて聖女の目が鋭くなる。

「あの子ダンジョンで一発逆転狙ってないでしょうね？」ダンジョンで一発逆転とは、死ぬリスクだったり損するリスクが高いがリターンが大きいダンジョンを攻略するときに言われる。聖女はカトリナが力を求めてダンジョンへ行ったのかと考えているのだろう。

そうだったら先輩に何かしら相談をしている気がするんだがどうなんだろう。式部会にカトリナが入会するルートだったら紫苑《しおん》さんにも自分の実力について話している可能性があるが、彼女達が仲良く話している様子を見た覚えが無いからそっちは考えなくて良いか。

まあこのイベント後は急速に接近するだろうが。

とりあえず、話を一気に進めてしまおう。

「今ななみにカトリナの部屋を調べるように頼んでいるんですが……」

「こっちも雪音《ゆきね》に行くように伝えているわ。リュディ達一部風紀会メンバーには辺りを捜して貰っている。ほんと、何してんのかしら」

先輩の姿が見えないと思ったらそういうことらしい。

それから十分ほどしてななみからメッセージが入る。どうやらななみと先輩は部屋の前で合流し、そのまま二人で部屋に突入したらしい。

そしてそこにあったのは。

「この一枚の地図、ね。ちょっと離れているわ。ここには何があるの？」

聖女の質問につい先ほど風紀会室に来たななみが答える。

「花邑《はなむら》家の力で調べたところ、どうやらダンジョンが存在するらしいです」

ななみはそう言うが、実は花邑家が持つ情報に無いであろうダンジョンだ。それは話を早く進めるため俺がそう言わせた。ゲームでは辺りを捜索してダンジョンを見つけ、そこから突入準備をする。しかし最初からダンジョンが有ると分かっていれば、準備時間を短縮できると思ったのだ。

聖女はダンジョンと聞いて大きく息をつく。届いたメッセージからお別れかもしれない事を察したのだろう。

「はぁ、今年の一年は何なのかしら。問題児が多すぎるわ」

と言いながら冷たい視線でこちらを見る。誰に向けてその言葉を言っているのかは理解していたが、もしかしたらが有るかもしれないし俺は後ろに視線を向ける。残念ながら誰もいなかった。

「あはは……」

伊織が苦笑する。一応言わせてほしいのだが。

「お前も大概だからな？　……まあそれよりもカトリナです。その場所にはダンジョンが有るんですよね？」

と先輩に視線を向けて言う。

「うむ。すぐに向かうべきだろう」

「とはいえ全員を連れて行くのは無理よ」

そう言うのは聖女だ。

「何でですか？」

伊織が聞くと聖女は自分に届いたメッセージを見せる。

「大きな事件に巻き込まれたならもちろん結構。生徒会や式部会全員で行っても良い。でも里菜は自分の意思でダンジョンへ行って、個人的にメッセージを送っていることは明白よね」

「……切迫した状況では無い、と」

俺の言葉に聖女は頷《うなず》く。

「そうよ。もし彼女が百％危険なモンスターに追われてるとかだったらいいんだけどね。切迫していないのに風紀会が全員居なくなると学園が困るわ。エスメラルダ、ここまで行くとしたら何日？」

聖女はそう言うと地図に視線を向ける。

「位置的に移動で十時間、攻略を考えると……学園に戻るのに二日三日は経過するかもしれません」

「学園の風紀会を維持……ええと、メンツの半分はおいて行きたいわね。移動と里菜を捜す期間を入れて数日。誰が行くか」

「僕が行きます！」

すぐに答えたのは伊織だった。俺はチラリとななみを見る。

「俺も、ななみも行きます」

それに俺が続く。勝手に参加を決められたななみだったが、頷いて了承を示す。

「アイヴィ様と結花《ゆいか》様にも此方《こちら》に来て貰っています。戦力として数えて良いかと存じます」

俺たち式部会なんて基本的に学園に居なくても問題の無いメンバーである。だから選出には問題ないはずだ。生徒会の伊織も、一人が数日抜けるぐらいなら大丈夫だろう。

「里菜が心配だな、ステファーニア隊長。私も参加させてほしい」

と先輩が言うと続けて、

「私も行かせていただきたい。入ったばかりの後輩だが心配だ」

エスメラルダさん、そして他の風紀会メンバーが参加したいと示す。

それを聞いた聖女は目を閉じて思案をはじめた。

「誰が行くか。それよね」

聖女はそう言ってすぅーっと息を吸う。そしてゆっくり長く長く吐き出した。

「とりあえず、私が行くわ」

その言葉を聞いて俺は安堵《あんど》する。

「一度私の部下になったのよ。くだらない理由で無茶《むちゃ》するなら私は引きずってでも戻す」

今回の件は、カトリナの親が実は魔族で、その血を引いている彼女は半魔族であることを明かされるイベントである。そこに魔族を敵対視している法国の聖女が行く。

普通に考えれば何そのヤバそうな状況と思うだろう。

しかしこれは俺が求めていた流れだった。


花邑家に出来ないことはないのではないか。最近そんな事を思う。

俺が移動手段について毬乃さんに相談すると、彼女はすぐに手配してくれた。お蔭《かげ》で移動時間はかなり短縮できただろう。とはいえ数時間だ。

そのまま俺達、聖女、伊織、リュディ、先輩、結花、アイヴィ、そしてななみの七人は目的地であるダンジョンに向かう。

今回の出撃メンバーは自分的には最良に近いだろう。聖女的には不満があるっぽいが。

「こんな所にダンジョンがあったんですね」

「知りませんでした」

なんて皆が言っていたが、それは魔族が隠していたからだ。特殊な魔石があるダンジョンで、それを利用するために魔族が隠していた。だから誰も知らないはずだ。

入り口は岩場に開いた穴で、その中は見た目通り洞窟型のダンジョンになっている。しかしただの洞窟では無かった。

「幻想的ですね……」

鉄壁さんことエスメラルダさんは、洞窟の壁や地面に生えているそれを見て呟《つぶや》いた。

「水晶、かしら。それにしても至る所にあるわね」

聖女は水晶の一つを触りながらそう言う。

「まさに水晶の洞窟ですね」

ななみが話す視線の先には数え切れない量の水晶が、上下左右と縦横無尽に生えていた。大きさも大小様々で、柱に見えるぐらい太く長い物もあれば、人の手ぐらいの小さな物もある。色も青や紫や透明だったりといくつか種類が有るようだ。ぱっと見た限り、一つとして同じ水晶は無い。

ちなみにこのダンジョン名はその見た目通り『水晶の洞窟』である。

辺りの水晶を見ていたリュディは、壁に生えている水晶に手を触れる。

「それにしても不思議ね……まるで輝く宝石に囲まれているみたい」

本来ならばここは洞窟であるため、どこからかこの水晶を照らす光源が必要になる。しかし水晶を照らす光源は不要だった。

なぜなら水晶自体が発光していたからだ。

その光は魔石に魔力を込めた時に少し似ている。ただ魔力を込めた魔石ほど発光はせず、辺りを軽く照らすぐらいの淡い光だ。まあダンジョンによくある謎の光源といえばそれまでだが。

まあそれがなんであれ、そこら辺を適当に撮影してもSNS映え間違いないだろう。閲覧数がうなぎ登りになる未来が見える、それくらい美しい洞窟だった。

「これ破壊して持って帰っていいかなー?」

そう言うのはアイヴィだ。

「高く売れそうにも見えますけど、破壊できるんですかね?」

結花がその水晶を触りながら話す。

「それにしても……はぁ」

聖女は俺達を見てため息をつく。その理由は自分の思い通りにいかなかったせいだろう。

本当なら聖女は別のメンバーをそろえたかったようだが、俺や伊織そしてリュディ、結花なんかは絶対に行くと言って引かず、断られても勝手に行くと言われて連れてこざるを得なくなってしまった。

　またオレンジ、いいんちょあたりも事情を知れば絶対に来たいと言うであろうが、事情を知らせていない。

　表向きは、何があったかが確定していないのに不要な心配を掛けるべきでは無い、という事になっている。でも実際は、聖女は事情を知る人の範囲を広げるのが嫌だったか一年を大量に連れて行くのが面倒くさいとか、色々理由があったと思っている。詳しくは知らんが。

　個人的にもカトリナが魔族であることを知る人を多くしなくてもいいと思っているため、この配慮はありがたかった。

「ななみ、このあたりに怪しい物や罠《わな》は？」

「なさそうですね。そのまま進んでよろしいかと」

　それを聞いた聖女は「行きましょう」と言って歩き出した。

「本当にここに入ったのかしら？」

　歩きながらリュディは呟く。

「ほぼ間違いないでしょう、毬乃《ババア》が端末の位置情報を確認したところ、ここで消失したと言っていましたから」

　ななみはそう言ってツクヨミトラベラーを取り出す。映し出された地図には俺たちが今いるダンジョンの位置にマーカーが表示されていた。

位置情報を見失う可能性があるとすれば、通信機器《ツクヨミトラベラー》が使えないダンジョン内か、機器の魔力切れや故障以外に考えられない。

そしてダンジョンの前で急に電気が切れたり壊れたりするかと考えると、そんな事は無いだろう。つまり十中八九ダンジョンだ。

「そう、よね。それにしても、なんで里菜ちゃんはあんなメッセージを送ったのかしら」

もちろん理由は知っているが答えることは出来なかった。

「分かれ道です、ご主人様」

それから少し進んで俺達は二股に分かれた道を見つける。

「どちらに進みますか？」

さて、どうするか。

カトリナが入ったこのダンジョン『水晶の洞窟』は固定マップである。そのためどこへ行けば正解で、どこへ行くのが行き止まりで、どこに宝があるかが分かる。

「俺の気分で選んで良いなら、左かな？」

「なら右へ行きましょう」

しかし俺の提案はすぐに聖女によって否定された。

「あなた何となく運が悪そうだもの」

伊織やリュディ、そして結花なんかは「確かに」とかわいそうな物を見る目で俺を見た。エスメラルダさんだけは「そんな事ありませんよ」と慰めてくれた。優しい。

結局俺の意見は無視され右の通路へ。こっちは宝箱の道だ。

それから少し進んだところで不意にななみとアイヴィの様子が変わる。

「ご主人様、魔物の気配です」

俺達は戦闘態勢を整えるとゆっくり先へ進む。

「クリスタルで出来たゴーレムですね」

エスメラルダさんは盾を構えながらそう言った。

戦わなくて良ければもちろん戦わない選択肢をとるだろう。しかしそのゴーレムは残念な事にフロア入り口を陣取っており、戻ることは出来ても進むことが出来ない。もう少し奥の方、フロアの中に居れば横を駆け抜けられたかもしれないが、そうもいかない。

「戦うしか無いわね」

聖女がそう言うと俺達は武器を構える。そしてななみと伊織が遠距離から攻撃を放つと、戦闘は開始された。

ドシン、ドシンと大きな音を立ててそのゴーレムは俺達に近づく。その進行を防ぐためにエスメラルダさん、そして俺、伊織が前へと走っていく。

最初にゴーレムとぶつかり合ったのはエスメラルダさんだ。彼女が近づくとゴーレムは片腕を振り上げて一度静止すると、拳を勢いよく振り下ろした。

大きな衝突音があたりに響く。それは、エスメラルダさんが自分ほどの大きな盾でゴーレムの攻撃を防いでいた音だ。

「鼓膜が破れるかと思いましたよ」

「足が地面をえぐってるんだけど」

ゴーレムの攻撃による衝撃はとても大きそうだ。俺がストールで受けるなら兎《と》も角《かく》、他のメンバーであればその腕力だけで殴り飛ばされる可能性もある。

しかし流石《さすが》は鉄壁のエスメラルダさんである。彼女は続いて来たチョップのような攻撃も難なく受け止めていた。

体重が十倍以上の相手なのに一歩も譲らない姿はとても格好《かっこ》いい。エロゲの女子校だったら間違いなくクラスメイトに告白されているね。

そんな攻撃に耐えている彼女に向かって後ろから優しい光が届けられる。

「ありがとうございます、ステフ隊長。しかしまだ回復は不要です」

それは聖女の回復魔法だった。

「そう、なら頑張りなさい」

聖女とエスメラルダさんはゲームをプレイした人達がよく使うペアの一つである。鉄壁のエスメラルダさんにそれを回復する聖女、場合によっては聖女の代わりに結花でもいい。

彼女達がモンスターの攻撃を一手に引き受け、それ以外のパーティメンバーが他の魔物を殲滅《せんめつ》するのだ。

鉄壁さんの圧倒的防御力に、回復特化の聖女は一、二ランクぐらい下のモンスターの攻撃さえ防いでしまえるぐらいだった。さらに回復と盾役《タンク》どちらも出来る結花がいれば、もう負けることは無いんじゃ無かろうか？

このままいけばななみやリュディ、先輩の攻撃ですぐにでも魔素に変わることだろう。このままいけば。

しかしどうやらそう簡単にいかないらしい。

「ねえ幸助君《こうすけ》。僕の気のせいじゃ無ければさ、なんだか足音が聞こえないかな？」

「奇遇だな、俺もそう思っていたんだ」

俺は入り口付近で戦ってるエスメラルダさん達の横を進み、新たに現れたゴーレムに攻撃する。

「おらっ！」

それは元々フロアに居たゴーレムだろう。戦う音に気がついて此方《こちら》によって来ていたのだ。

エスメラルダさんだったら二匹ぐらい耐えられるだろうけど、任せてばかりではいられない。

「幸助君！」

後ろから伊織の声が聞こえる。

「こっちは抑えておくから、そっちを頼む」

そう言って俺はストールを構える。初めにゴーレムがしてきたのはエスメラルダさんにしたようなパンチだった。一度振り上げ一瞬静止すると勢いよく振り落とす。

対して俺は第三の手を球面のような形にして硬化させる事で対応した。それは上手《うま》く機能し、ゴーレムの攻撃はストールにそらされ真横にずれる。俺はすぐに第四の手を伸ばし足を自分の方へ引っ張った。

ズドン、と大きな音を立ててゴーレムは倒れ込む。ゴーレムは攻撃がそらされた事で重心がずれていた。そんなところにストールの足払いが決まったのだ。転ぶのは仕方ないことだろう。

この攻撃は以前は出来なかったことだ。

「伸縮率が上がるだけで、こんなに違うのか」

俺はすぐさまそのゴーレムに向かって刀を抜く。それはクリスタルの継ぎ目に上手く入り、片腕が斬られ地面に転がった。

だがゴーレムはまだ生きている。ゴーレムは大きなクリスタルをいくつもつなげたような体をしている。そのつなぎ目の一つを先ほど斬ったのだが、それ以外の体はまだ元気だった。

ならば納刀しもう一度攻撃すべき、なのだがそうもいかなかった。

「あっぶねぇ」

俺は横に飛びその場から離れる。

なんとゴーレムは体、足を三百六十度回転させて攻撃してきたのだ。まるで石臼みたいな動きだ。もし小麦があれば簡単に粉にできそうだ。

またゴーレムはグルグル体を回転させながら、その遠心力を利用しているのか、簡単に立ち上がった。

さらに。

「あーやっぱりくっつくか……磁石みたいだな」

ゴーレムはその落ちた腕を拾うと、斬られた場所にくっつけたでは無いか。しかもそれで手がまた動き出すのだから困った物である。

こいつはどうやって倒せば良いのだろうか。本来ならゴーレムには核やルーン文字が存在しており、それらを破壊すると停止する。

しかしこのクリスタルゴーレムは体が透明だから分かるが、核らしきものが見当たらない。ルーン文字も見当たらない。もしかしてどこかの接合面や分かりにくいところに刻まれているのか？

また推論ではあるがこいつは体全体を核にすることで、その弱点を克服しているのだろう。

ゲームではやけに防御力が高く自己回復能力があったのだが、それはこのせいだと思う。

もちろん自己回復能力を上回る攻撃を続ければ、やがてゴーレムの体力はゼロになった。だから。

「攻撃し続ければ勝てる……よな」

俺はストールの先に付いた金具に、これでもかと魔力を送る。

ゴーレムは動かない俺を見てチャンスとでも思ったのか、大きく背を反らし俺の上半身ぐらいはありそうな大きな頭で頭突きをしてきた。

その迫り来る頭に向かって、俺はストールの先を合わせた。

大きな衝突音ののち、何かが地面に落ちる音がする。それは大きく裂傷を負ったゴーレムの頭が地面に落ちる音だった。

その凄《すさ》まじい威力に、思わず自分のストールを見る。フェンリルの厚い皮を切り裂くほどの鋭さは有ったが、どうやら水晶を削るほどの硬さも有るらしい。まるで神獣の爪だ。

俺がそれから何度も攻撃と回避を続けていると、横から矢が飛んでくる。

それはななみの矢だった。どうやらあちらの戦闘は終わったらしい。

皆が揃ってからは一分も持たなかった。ゴーレムはバラバラになり、落ちたクリスタルは魔素となって俺達に吸収される。

聖女はつかつかと俺に近づくと俺のストールを手に取る。そしてぐっと摑《つか》んだままじっと見つめた。

「どうしたんですか」

「嫌な戦いを思い出しただけよ。これ、桜さんの？」

あははと苦笑する。

ラジエルの書も同じように衣類の先にある十字の金具で攻撃をしていたから、それを思い出したのだろう。まあ素材も攻撃方法も似てるしな。

「はい。桜さんから頂いたので、自分用に調整して貰《もら》いました」

「凄まじい力ですね……」

エスメラルダさんも賞賛をしてくれる。確かに凄まじい力だが。

「いや、まだまだです。振り回されている感じが拭えませんし」

まだまだだ。もっと使えるようにならなければならない。

それから俺達はドロップアイテムを確認して先に進む。その先にあったのは宝箱だった。中身を知っているが、回復アイテムである。

罠《わな》があれば無視するつもりだったが、罠がなかったためすぐ回収し俺達はカトリナを捜す。

それから戦闘をしつつ三つほど階層を進んだだろうか。

この時点でこのダンジョンに違和感を覚えたメンバーが何人か現れだした。

「おかしい」

そう口にしたのは先輩だ。

「モンスターが少なすぎる。もともと少ないにしても少なすぎる」

途中何度か悪魔系のモンスターと戦ったが、それは一般的なダンジョンでは明らかに少ない数だった。

「確かに、あまりにもモンスターが少なすぎるわね」

と聖女も先輩に同意する。

「通路ではなくフロアにだけモンスターが出現するパターンかな？　とも思ったけど違いそうだよね」

と伊織。

「先に誰かここを通ったとかー？」

とアイヴィが言うと可能性がありますねとななみが頷いた。

「しかしそれは直前でなければおかしいかと存じます。まるで誰かが間引きをしているような気もします。あと一つ気になる事がございまして」

「気になる事ですか？」

と結花が聞く。

「ええ。こういったクリスタルや鉱石系ダンジョンでは最初に戦闘したゴーレムのようなモンスターの出現率が高いのが普通ですが、あまり見かけず、悪魔系のモンスターばかりが見られます。これは非常に珍しいことです」

すげえな、と思わずため息をつく。

とそれぞれの考察を聞きながら、まあ間違っていないなと思う。特にななみのダンジョン知識には舌を巻く。ほぼその通りだから。

ここは本来『無機質系』のモンスターしか出現しないのだが、今回のイベント中は違う。カトリナ達が通ったルート上では、悪魔系のモンスターしか出現しないようになっているのだ。

理由はその悪魔系モンスター達がゴーレムを狩っているからだ。

「何にせよ、急ぐしかないわね」

聖女の言葉に俺達はうなずく。そして先へと進んだ。

八章　不死身のアンドレアルフス

―カトリナ視点―

目の前の魔族に貴方は魔族と言われて、アタシは嘘だと否定しようとしたが、それは思いとどまった。

その言葉は衝撃的で嘘のような話だったが、だけどどこかスッと自分の体に入り込んだからだ。思い当たる節がいくつもあった。

ふとアタシは昔のことを思い出す。

『私のわがままに付き合わせてごめんね』

それは母が病弱だったアタシによく言った言葉だった。幼いころ、アタシは病弱でよく母に病院に連れて行ってもらっていた記憶がある。十歳ぐらいまでは学校も休みがちだった。

そしてアタシが熱でうなされていると、母は決まってアタシの看病をしながらその言葉を口にした。

アタシの看病をしてくれるのは決まって母だった。父はそもそもいなかった。アタシが生まれてすぐに亡くなったと母から聞かされた。

父がおらず病弱なアタシのせいで母も仕事がほぼできず、それこそ貧困と言われる生活をしていた。

ただ和国は非常に一人親家庭や貧困家庭の子供に対する支援が厚く、アタシは学校に行ったりご飯を食べたり、病院へ行ったりすることならば不自由なことはなかった。

ただ、自分は他人が持つ娯楽の物は与えられなかった。

だから幼いころはたびたび母に文句を言っていた。でも母はいつも謝るだけだった。悪いことをすればとても怒るくせに、そのことに関してはただ謝るだけだった。

体が弱い、片親で貧乏、欲しいものも買えず周りの話題について行けない。色んな条件が重なったんだろうけれど、アタシは虐《いじ》めにあっていた。

ありもしない噂《うわさ》がクラスに流れていたり、人をばい菌のように扱ったり。何でこんなことになるのか分からなかった。

アタシは母に尋ねたことがある。何でアタシはこんななの？　だとか、何でアタシにはお父さんが居ないの？　だとか、どうしてウチにはお金がないの？　だとか。母はとても傷ついただろう。

だけど母からは謝られるだけだった。決まって『私のわがままに付き合わせてごめんね』と言うのだ。

どうして母はそんな事を言うのか？　どうして父は居ないのか？　どうして子供の時、病弱だったたか。

「アタシが、魔族ね」

もしそれが本当ならば、すべてがつながる悪魔的な言葉だった。

「貴方《あなた》の封印は綺麗《きれい》というか美しい。これだけ素晴らしい封印だと気が付く人はほとんどいないでしょうね」

「そう」

「……思ったよりも反応が薄いですね、もしかして予想していましたか」

「つじつまが合うかなって考えてた」

そうすればすべてに納得できる。でも、それが本当だとは思いたくない自分もいた。嫌な予感は予感で終わってほしい。もしこれが真実なら母は。

母は知っていたはずなのだ。

母は自分のしている事がどういうことか理解していて、それでアタシに黙っていたからあんなことを言ったのかって。

私のわがまま、ね。普通ならさ、もっと言うことがあるじゃん？　なんで『私のわがまま』って言うんだよ。魔族の話を聞いたらさ、そうとしか考えられなくなるじゃん。

「貴方は知ってしまった。これからどうするかではありませんか？」

「これ、から？」

「ええ、これからです。断言しましょう。あなたはしっかりお父様の血を引いており、素晴らしい力を引き出すことが出来ます。そう上級魔族の力を」

「上級魔族の力を引き出せたとしてもこれからどうするかなんて、考えられない」

そもそもアタシが魔族だとなって、一体アタシはどうすればいいんだ。だってアタシが魔族なら、どこにも居場所がないじゃない。


風紀会だとかクラスだとか学園だとか、どこにも居場所がなくなるじゃないか。

皮肉だと思った。アタシは皆の成長から置いていかれないように、自分の居場所を守るために力を求めてダンジョンへ潜り、ずっと訓練してきた。そして大きな賭けで魔族に付いてきたと言うのに、力を得ても完全に居場所はなくなってしまうじゃないか。

「……何となく貴方の悩みが分かりますよ。昔のハーフエルフと一緒ですね」

「ハーフエルフと？」

「ええ、昔のハーフエルフはエルフにも人間にも疎まれていました。だからハーフエルフの子は両親が亡くなった後、どこで生活すれば良いのか分からずとても悩んでいたそうですよ？　今では法国以外ならどこでも普通に過ごせますけどね」

法国は人間至上主義の国だからまだ差別がある。ベニート卿《きょう》や聖女などからはそんな事は感じられないが。

「貴方の居場所はこの私が作りましょう。そして一緒に世界を取りませんか？　貴方の力と私の知識、そして力があれば出来るでしょう」

世界を取るって。

「そんなことしたら、人間に殺されるわよ」

「人間など、居なくなってしまえば良いのです。あんな脆弱《ぜいじやく》で愚かで、物の価値の分からない者どもなど、滅ぼしてしまえば良いのです」

彼の表情がゆがんでいた。さきほどのヘラヘラした感じは一切無く、それは怒りに支配されたような。

「……それが、アンタの本性？」

「おっと失礼しました。それでどうですか。私と一緒に来ませんか？　楽しい未来が待っていますよ？」

でもそれは人間と敵対することになる。それは伊織《いおり》達ともだ。

「アタシは自分の居た場所が心地よかったんだ」

だからそこから外されたくなかった。そのために、そのためなのに、アタシは。

「無理ね、アタシはアイツらと敵対したくない。そうなるんだったらまだ山にこもるわ」

彼は多分人間を滅ぼすようなことを計画しているのだと思う。それでアタシは世話になった人たちと敵対などしたくない。

「ふむ。振られてしまいましたか。まあ正直に申し上げるとですね、もうここに来た時点で私の目的は達せられたようなモノなのですよ」

その言葉を聞いてすぐに武器に手を添える。そして辺りを見た。

「っ、どういうこと？」

「貴方の意思など、ほとんど関係無かったんです。貴方が此方《こちら》に好意的であれば、少し違った選択肢をとることが出来たでしょうが。まあ九十九％ないと思っていたので。予定通りですね」

嫌な予感がする。罠だとは思っていたが、やっぱり罠だった。

なら今すぐに逃げなければならない。

「えっ、ウソっ⁉　足が動かない！」

逃げないといけないと分かっている、だけどなぜか力が入らない。足も腕も首も頭も、アタシはどこも動かせない。

「くひ、くひひひひひひひっ！」

多少有った紳士らしさが無くなり、気持ち悪い声を出しながら彼は笑う。

「……本性現しやがったな」

どうにかしなければと体を必死に動かそうとしていた。動け、動けと右足に力を入れる。でも激しい運動をしたように体が熱くなり呼吸が苦しくなり、体に汗が伝うばかりで体は動かない。

「そんなの当然ですよ。私がそうしたんですから。貴方がどう思おうと私が貴方を利用するのには変わりない、そういうことです」

ふと足下を見ると大きな魔法陣が描かれていた。

「いつの間に……」

それはアタシの魔力を吸っているわけではない。逆だ、何かよく分からない不思議なモノを入れられているような気分だった。

それと同時にアタシの肌に幾何学模様のような何かが浮かび上がる。腕に足に、お腹《なか》に。

「おお、美しい……非常に美しい。それが貴方に施された封印ですよ。くひひ」

体がどんどん熱くなっていく。

「さて、力を自在に操れるようになったら、まずは力試しにいくらかの学園生を殺してみますか。自分の親友を殺したときの優越感や喪失感は一度味わっておいた方が良い。最高に気持ちいいですから」

頭がイカれてる。そんな言い方をするということは、こいつは自分に近しいモノを殺したと言っているようなモノだ。

「すこし落ち着いたら子供を作るのもいいですね。私とあの方の血が混じった子供です。さぞかし素晴らしいのができあがるでしょうね」

「アンタの言いなりになるつもりは無い！」

「つもりは無くても、言いなりにする魔法を使えばいいだけです」

「それでもっ……」

と抵抗しようとするも無駄だった。

例えて言うならアタシの中にもう一人、アタシでは無い何かが出現して、体の使用権を奪っていくような、そんな感じだった。

「もう遅いんですよ。ここに来てしまった時点で貴方は私の傀儡《かいらい》なんですから」

◇

―瀧音《たきおと》視点―

個人的にはとてもちょうどいいタイミングだったと言えるだろうか。

俺達がそのカトリナの元に到着したときには、すでに彼女は魔族の姿になっていた。

「これは一体どういうことなの？」

見る人からすれば、タイミングは最悪と言って良いだろうか？

「里菜に、角が……？」

カトリナの頭には二つの巻き角が生えており、目の色が変わっていた。そして苦しそうな表情で俺達を見ている。

そんな魔族化しているカトリナを見て伊織は動揺していた。

「そこの魔族。里菜を解放しなさい」

聖女はすぐに、そばにいる魔族が原因だと考え、杖《つえ》に魔力を集めながらその魔族をにらみつける。

「解放？　何を仰《おっしゃ》るんですか。違いますよ、見て分かりませんか？」

そう言って彼は手を大きく広げる。

「見て？　全く分からないわね」

「冗談はよしてください。ほら、分かりませんか？　分かりますよね。私はねぇ、逆に解放してあげているのですよ。彼女に課せられていた封印を解いて、ね」

カトリナが苦しそうにうめく。聖女はその声を聞いて苛立《いらだ》った様子で魔族を睨《にら》む。

「だからどういうことよっ！」

聖女が声を荒らげながら言う。

「ひひっ、本当に誰も知らないんですね。なら教えて差し上げましょう」

そう言ってニタニタ笑う魔族を見て結花《ゆいか》が顔をしかめる。そして小声で。

「うわ、うっっっざっ、瀧音さんあれ絶対友達出来ないタイプですよ」

「部下に嫌われるタイプでもありそうだよな。命令したら愚痴言われるだろうな」

と返す。魔族の耳がピクピク動いているが、さすがに聞こえてないよな？

「瀧音、結花、少し静かにしていて。魔族、貴方は早く話しなさい」

どうやら聖女には聞かれていたらしい。

「まあ減る物でも有りませんし、教えてあげましょうか。彼女は生まれながらにして魔族なのです。私はその力を引き出してあげているだけにすぎません」

その言葉は俺以外に動揺を与えた。

「そんなっ、嘘だ！」

伊織が叫ぶ。

「嘘じゃ有りませんよ。私には何もない人を魔族にするだけの力はありませんし、そのような道具も所持してません。でも魔法陣を作るのは得意なんですよ」

「里菜ちゃんが、魔族？」

リュディは驚いた様子でカトリナを見る。

「ええ、彼女の父親は有名な魔族です。彼女の父親はスパイとしてこの少女を人間の女に仕込みました。来るべき時に力を解放できるように封印してね」

こいつはさらりと嘘をつくな。

父親が魔族なのは本当であるが、スパイは嘘である。むしろ人間の方に立った希有《けう》な魔族と言っても良い。

しかしそう言うための証拠は持っていない。俺は『なら何でカトリナの力を封印したんだ』なんてことをアイツに言えるかもしれないが、『人間界に溶け込ませ、時期を見て解放するため』とか言われれば終わりだ。

基本的に、口では勝てない相手だろう。うかつなことを口にしない方がいい。

なぜなら相手の魔族は『アンドレアルフス』と言い、地球ではソロモン七十二柱の悪魔の一人で、屁理屈《へりくつ》が得意な悪魔を元にしてゲームに落とし込まれたからだ。つまり俺が何かを言ったところで屁理屈で突っ返される可能性がある。桜《さくら》さん、ななみ、アネモーヌが揃っていればもしかしたら言い返せるかもしれない。

まあ居ないならそれっぽいことを俺が言えば良いのだが。

「たとえ、カトリナが魔族だったとしてだ」

全員の視線が俺に集まる。俺はカトリナがスパイでは無い事を証明するすべは、現在のところない。だがしかし、皆を説得するための言葉は持っていた。

「俺に言わせれば、だからなんだって話だな。魔族だとか、魔族じゃないとか、どうでもいいんだよ。そもそもウチにはすでに天使が居るし」

「照れますね」

褒めてないからな。

「つまり何が言いたいかって、カトリナはカトリナだっつう事なんだよ。それ以上でもそれ以下でも無い、なあ伊織？」

言った自分で思うが、なかなか凄《すさ》まじい理論である。脳筋主人公が言いそうな言葉で、論理的に考えればうーんと唸《うな》ってしまうだろう。でもこの超理論は真理だと個人的に思う。

そんな超理論であるが、それは通ってしまう。なぜならカトリナは今までの行動から信頼できる仲間を作っていたのだから。

「そうだよ、里菜は里菜だ。魔族であろうと無かろうと、里菜だ」

そう言って伊織は剣の切っ先を魔族に向けた。もちろん伊織だけではない、ここに居る全員が戦闘態勢になる。

ははは。屁理屈が得意な悪魔に屁理屈を言うのはなかなか気持ちがいい。

「これはこれは困りましたね……そこの聖女様はどう思われますか？」

アンドレアルフスが声を掛けたのは聖女である。

法国の根幹をなすのは宗教だ。その代表格である聖女が、宗教的に敵である魔族ハーフを逃して良いはずはない事を理解していた。

「……私は面倒くさいことは後回しにするタイプなの。だからとりあえず貴方《あなた》を滅してから考える事にするわ」

「なるほど、そうですか。私は面倒くさい事を先に片付けるタイプなんですけどね」

そう言って彼は目を閉じると口を片方だけつり上げる。

「だから、今あなたたちを消させて貰《もら》います」

その魔族アンドレアルフスはどこからともなく杖を取り出した。そして自分の下に魔法陣を生み出す。

アンドレアルフスは地球において、幾何学や測量・測定、天文学に強い悪魔とされていたが、マジエクではそれらを踏まえたのか魔法の研究者であり、魔法陣の構築が非常に得意とされていた。まあ頭脳派の魔族といった感じじゃか。

そのためカトリナに施された封印を特殊な魔法陣を使って解いたのだ。ちなみにカトリナが失踪後、なかなか洗脳が完了しないという詰み防止……というかご都合主義が有った。『アンドレアルフス』が意外に強いため、レベル上げにその他のダンジョンへ行ってもつじつま合わせが出来るようにだ。場合によってはゲーム内期間一ヶ月経過しても洗脳中だったりする。

とはいえ現実はどうなるか分からなかったので、なるべく早めに行動する事にしたのだが。本当にちょうどいいタイミングだったと思う。

「……里菜が魔族、ね」

　聖女はそう言ってカトリナを見る。

　角、目、尻尾以外にもう一つ大きな変化があるとすれば、その蝙蝠《こうもり》のような羽だろうか。今は羽がそこまで大きくないが後ほど魔族の力を自在に扱えるようになった際などに、自分でサイズを変更したり仕舞《しま》ったりも出来るようになるはずだ。ついでに尻尾や角なんかも隠せたはず。

　また魔族は羽を仕舞っている状態でも飛べることから、多分羽の大きさは飛行に関係無い。カトリナも後ほど力を使えるようになれば、飛ぶことも可能になるはずだ。

　まあ元々の体型がちょっとロリだから、小悪魔という言い方が適切かもしれない。

「グッ」

　カトリナから声が漏れる。彼女は強い痛みを我慢するかのように歯を食いしばっている。その口にはドラキュラのような犬歯が見えた。

「皆、頼むから、逃げて」

　体が言うことを聞かないのだろう、カトリナは震える声でそう言った。

「絶対に逃げない」

　伊織は即答する。

　カトリナを置いて逃げられるわけがない。多分皆も同じ意見であろう。

「お願い、アタシ体が自由に動かせないんだ、このままだと……」

彼女は操作魔法に抗《あらが》っているのだろうか、震える手をゆっくり上げる。すると彼女は双剣を引き抜き、俺達に向かって構えた。

「アタシ、皆を攻撃してしまう」

言葉と同時に彼女は勢いよく前に飛び出す。それに合わせ俺と結花も同じように前へ飛び出した。

先に前に出たのは結花だった。

下方から切り上げるように彼女は片方の剣を振ってくる。

「やっばっ」

結花はカトリナの攻撃の速さに反応が少し遅れてしまった。なんとか小手でガードするもカトリナの攻撃の威力は大きく、結花の体は宙へ浮かんでいる。

そしてすぐに反対の剣が迫る。結花はすぐに体を小さく丸め、自分の横に聖属性の盾魔法を生み出した。

しかしその盾もあまり意味は無かった。カトリナの攻撃はその盾を破壊し、結花の小手に当たったから。

「結花っ！」

真横に吹き飛んでいく結花の所に行こうか迷ったが、先輩が向かったのを見て俺はカトリナに向かう。

カトリナは先ほどの結花と同じように下から俺に攻撃を仕掛ける。それを第三の手であわせた。

「力負け、しているだと⁉」

まるで先輩の本気を食らったかのような力だ。俺の体も結花と同じように地面から数センチ浮かぶ。そしてまたもや結花の時と同じように追撃も来た。

しかしそれは先ほど結花で見たし、何より俺には第四の手がある。第四の手で近くの水晶の柱をつかむと、体の位置を変え攻撃を避ける。

攻撃を避けられたカトリナは後ろに飛んだ。

さっきの結花を見ていても思ったが、普通におかしい。ここで出現するカトリナはこんなに強くなかったはずだ。

チラリと結花を確認する。どうやら先輩に介抱されているようだ。うらやましい。先輩に介抱されたいし、結花を介抱もしたい。いや、そんな事はどうでも良いか。

問題は。

「元のカトリナからかなり攻撃力が上がっているな……しかもアレが全力じゃ無いと来たか」

先ほどのカトリナの攻撃はまだ全力では無い。

もし全力で攻撃をするためには体全体を使うだろうが、アレはほぼ腕の力だけのように見えた。すぐに追撃が来たのがそれの証明になる。

もし例えるならバレーなんかが良いだろうか。全力でスパイクを打つ際に腕の筋肉だけでするわけではない。スピードを付けてジャンプして全身の筋肉を使って打ち付ける。もちろんそんな動きをすれば、すぐに二度目を打てるわけでは無い。

二度打てるということは、右手で打ってすぐに左手で打つ動作が必要だ。もちろんそんなことをすれば一発一発の力は弱まるだろう。

「本気で来られたら、どれだけの攻撃力なんだろうな？」

食らいたくはない。しかしもしその攻撃を防げるなら大きな隙になる。だけどその隙はあって無いような物だ。

俺がカトリナを攻撃したくないからだ。

「幸助《こうすけ》、大丈夫⁉」

リュディの言葉に、俺は嘘をついた。

「全然余裕さ！　ななみだけアレを頼む。皆はそっちの魔族をっ！」

俺がそう言うとアンドレアルフスは、ほう、と声を漏らした。

「なかなかやりますね。しかしまだまだ加藤里菜は成長していきますよ？　今は魔族の力をしっかり扱えていませんからね。適応したら、ふふっ」

その声と同時にカトリナが「あああぁ」と大きな声を上げる。

見ると角が少し大きくなっているように見えた。また纏《まと》っている魔力も大きくなっているように見える。

「やめろっ！」

それを見た伊織は叫びながら魔族に向かって走って行く。

しかし俺が戦闘を見られたのはそこまでだった。カトリナが俺に攻撃せんとばかりに近づいていたから。

「やめっ……うぅうこうすけ、逃げっ」

カトリナは今度は回転しながら斬りかかってきていた。

「安心しろ、すべて受け止めてやる」

手数では逃げられると思ったのだろうか。今度は勢いと遠心力を使ったパワーで勝負を仕掛けてきた。しかし俺も負けていられない。自分も回転しながらその剣に向かってストールを合わせる。

やっぱ先輩と同じかそれ以上か。早さは間違いなく先輩が上だ。そして武器を扱う熟練度も先輩が上だ。しかし力はカトリナの方が上だった。

踏ん張る足がガリガリと地面を削る。振り切ったカトリナは今度は俺の懐に入り、左手の剣を俺に向けて振った。

俺は手でカトリナの腕と肩を押すことでその攻撃を逸《そ》らす。先輩とやっていた模擬戦で、たまに体術を使っていたのだが、意外に役立つものだ。

カトリナの次の攻撃が来る前に俺はストールで地面を蹴り、距離を取る。カトリナは前に双剣を構え此方《こちら》をじっと睨《にら》む。そして円を描くように俺の周りを歩いていた。

「いや、マジで強い」

カトリナはマジで強すぎて当初の想定以上である。

とはいえこれならまだやりようがあった。彼女の攻撃は比較的単調だったから。彼女が操られているせいか、力に振り回されているせいか分からないが、反射神経や技術が落ちていると思う。そして何より一番やっかいな彼女の『カン』が全然働いていなかった。

「ふっ」

そう言って俺は前に出る。今度は鞘《さや》に力をためながら。

カトリナは俺が動くのとほぼ同時に動いた。そして左右にジャンプしてステップを踏み、俺に右手で剣を振る。俺はそれに合わせて刀を抜いた。

自分の目にもとまらぬ速さで刀を振り抜くと、俺はカトリナの剣を弾く。あまりの威力でカトリナは片腕が撥ね上げられ、バランスも崩していた。

そして俺はさらに距離を詰め、剣の柄の下を思いっきり第三の手で殴った。

俺が狙ったのは武器飛ばしである。柄の下を殴ることで剣をすっぽ抜けさせることを狙ったのだが、どうやら上手《うま》くいったようだった。右手の剣は明後日の方向へ飛んでいった。

片方の剣を飛ばされ、驚いているカトリナ。すぐに俺は彼女に近づくと、ストールで彼女の体を拘束する。そして反対の手に持っていた剣の柄を、思い切り蹴る。そしてそちらも狙い通り、その剣は手からすっぽ抜け、地面に転がった。

「ななみ、グレイプニル！」

俺がそう言うとななみは切れたグレイプニルを加工したロープを取り出す。これは相手モンスターを拘束するアイテムで、力が一定化されたモンスターなら行動不能に出来る超有用アイテムである。

とはいえ入手確率がかなり低く、常用するのは難しい。

俺が暴れるカトリナを押さえていると、ななみはグレイプニルを使ってカトリナを縛った。

「ううううう」

どうせ余裕だしドロップしなかったら最悪無くてもいいやなんて考えてた自分を殴りたい。まあなんとか入手出来たし、一番使いたいところで使えたからＯＫという事でこっちはとりあえずいいだろう。

問題はアンドレアルフスだ。そっちの方はどうなっている？

俺が視線を向けるとちょうど伊織の剣がアンドレアルフスを切り裂いた所だった。どうやら先輩が隙を作り、伊織が剣で切り裂いたらしい。

伊織の剣が白く光っている所を見るに、相手が魔族であるため光属性をエンチャントしたのだろう。それは正解で、アンドレアルフスは光属性を弱点としている。しかしその攻撃は現時点では意味のないことであると俺は知っていた。

伊織の攻撃は確かに魔族に当たった。伊織もそれなりの手応えを感じたのか、ヨシッと呟く。

だけど斬られたはずのアンドレアルフスだが。

「ふふっ、痛いですね！　きひっきひひひいひひ！」

彼は笑っていた。

それも全然効いてないと言わんばかりに笑っていた。

「あいつの盾魔法や防御は突破したのに……なんで笑っていられるんだ⁉」

伊織はその変な様子のアンドレアルフスに恐怖を感じたのか、少し距離を取った。そしてアンドレアルフスの様子を見て、顔を青ざめさせる。

「あぁぁ、来ましたきました、キマシタァァァアアア！」

危険なドラッグを使用したかのように彼は笑う。まあそれは間違っていない。

「え、ちょっと待って。嘘でしょ。傷がっ！」

リュディの声で全員の視線が魔族へ、その腹の傷に向けられる。痛々しい傷口だったがそれがだんだんと小さくなって……ふさがってしまったのだ。

「おやおや、どうしました？　鳩《はと》が豆鉄砲を食ったような顔をされて。私はピンピンしていますよ？　来ないのですかぁぁ⁈」

アンドレアルフスに紳士淑女達が苦戦した理由の一つは、その尋常じゃ無い自己回復能力である。

ただあまりにも回復力が強すぎるが故に精神がおかしくなってしまうらしく、口調がおかしくなる副作用があるらしい。ただ戦闘中ならあまりマイナスでは無い副作用でもあるとは思う。

「っ！」

今度は伊織は剣に炎属性を纏わせるとアンドレアルフスに斬りかかる。しかし彼はそいつを避けるそぶりも見せず、そのまま斬られる。

「⁉」

「痛い、痛いですよぉ……きひひひ！」

そして斬られた魔族を見て先輩が険しい顔をした。

「また塞がっていくのか」

アンドレアルフスの傷は逆再生をするかのように塞がっていく。それは皆を絶望させるには十分なインパクトがあった。

「素晴らしい攻撃でした。ですから……お返しをしなければいけませんね」

魔族が斬られた部分をさすりながらそう言うと、自身の前に大きなオオカミの頭が生み出される。その黒いオオカミの頭は傷だらけで、不自然なぐらいかっぴらいた赤黄色の目からは血が流れている。

「……気持ち悪いわね」

聖女は呟《つぶや》いた。

そのオオカミは首から下が無かった。本来のオオカミなら有るはず胴体は無く宙に浮かんでおり、首からはポタポタと血が流れている。

しかしそのオオカミの生首は生きているかのように目や口が動いていた。

「さて、此方をお返しいたしましょう。ただ、そのまま返すのでは芸がありませんし……そうですね、倍でお返しいたします」

魔族がそう言うと同時だった。

そのオオカミの頭が黒い瘴気《しょうき》を放ちながら、伊織に向かって一直線に飛んでいったのは。

「伊織、ペインだ！　逃げろ！」

「っ！」

伊織はそれを盾で受けようとした。しかしそれは悪手だった。

「があああああ！」

その首は伊織をかみ殺そうとした。伊織は最初は地面に踏ん張り盾で受けようとした。しかし地面を削りながらも耐えたのは数メートルだった。彼の体は耐えきれず宙へ浮かび、十メートル以上吹き飛び、近くの水晶に衝突してようやく止まった。

「伊織っ！」

すぐに聖女の回復魔法が飛んでくる。伊織は「大丈夫です、ありがとうございます」と言いながらすぐに体勢を立て直す。

その様子を見てななみは呟いた。

「相手は此方を舐《な》めてますね」

さっきの伊織に対してアンドレアルフスは攻撃する隙が沢山あった。吹き飛ばされている最中にダークランスを撃てば良いのに撃たなかったのだ。

彼は伊織が吹き飛ぶ様子を見て腹を抱えて笑っていたのだ。

遊んでいるのだ。アイツは自分が絶対負けないだろうという自信があるから、俺らで遊んでいるのだ。

たぶん最初も回復能力を使わずに倒せるか遊んでいたのでは無いかと思う。盾魔法を突破って伊織が言ってたから。

ただカトリナを相手にしていたから真相は分からないが。

「これならどうっ⁉」

それはリュディの声だった。彼女の前には大きな魔法陣が具現化しており、そこから黄緑色に光る槍《やり》のような物が勢いよく飛びだした。

その槍が帯電している様子から、それがライトニングランスだと分かった。

ライトニングランスはその名の通り雷で出来た槍のようなものである。直撃するとその対象者に電撃のダメージを与える技で、かなり強力な攻撃魔法である。

しかし魔族は避けるそぶりは無かった。ニヤニヤといやらしい笑みを浮かべたままその攻撃を受け入れる。

「エスメラルダさん！　リュディを！」

俺が叫ぶとエスメラルダさんはリュディの前に割って入る。

リュディの攻撃は魔族に直撃した。まるで雷が落ちるような音が辺りに響いた。しかし魔族はそれを受けて吹き飛ばされたものの。

「きひ、きひひひいいいいい」

彼は笑っていた。とても嬉《うれ》しそうに笑っていた。

そしてすぐにペインがリュディの前に立つエスメラルダさんに直撃した。

「なかなかのパワーですね……」

防御なら最強とも言われたエスメラルダさんはしっかりそれを受けきった。

しかし鉄壁のエスメラルダさんとはいえ、無傷では無かったようだ。片方の腕がしびれているのか、盾を地面に付けてしまっている。

すぐに結花の回復魔法がエスメラルダさんに掛けられる。

アンドレアルフスが使うペインとは闇属性魔法の一つである。直近に受けたダメージを一倍から数倍にして返す技であり、諸刃《もろは》の剣とも言える技だ。使う敵が実力者であればあるほど、返す倍率が変わり、あの様子だと。

「二倍くらいだな」

ゲームと同じく二倍くらいだった。

いくつか条件を満たせばカトリナや紫苑《しおん》さんが覚えることが出来る。条件をそろえなければならないが、ゲームの低レベルクリアではお世話になることもあるだろう。それぐらいあの攻撃はやばいのだ。

「攻撃しても回復するし逆に倍返しされるだなんてっ、いったいどうやって倒せばいいんだよっ！」

アイヴィがクナイを投げながらぼやく。クナイの突き刺さった場所に魔法陣が浮かび、魔法が発動した。拘束の忍術だ。しかしそこは魔法陣の天才悪魔。それはすぐに術式を破壊され、無効化される。

魔法陣を彼の前に出すと破壊されるだろう。なら無詠唱かエンチャントでなんとかするしか無いか。

「おやぁ？　おやおやぁ？　どうされたんですか、もっと強い攻撃をされて良いんですよ、私がすべて受け入れてあげますから！」

「おっと超《ちょう》弩級《どきゅう》のドMですか。困りました、ご主人様と同じですね」

「あんなのと勝負にならねぇ、完敗だよ！　てか勝手にドMにするな！」

多分俺があいつと同じことをやったら間違いなくこの世を去ってるね。

「だが、どうすればいい？」

「ダメージを与えられないわ……！」

先輩の言葉にリュディが続ける。

今回の無限に回復する魔族を相手に、どう戦えば良いかといえばいくつか方法がある。

一つは回復する前にそのHPを削りきることだ。それはキャラクターを最強近くまで育て上げた後なら簡単にできるだろう。残念だが今はそこまで火力が無いためできない。

二つ目はゲームクリエイター達が用意した正攻法の攻略方法である。

「まあ、なんとなくカラクリが分かったぜ」

俺はアンドレアルフスにそう言った。

「………ひひ、カラクリ？　何の事を言ってるんですかね」

アンドレアルフスは俺を見て気持ち悪い笑みを浮かべる。俺は頷いた。

「お前の回復するカラクリさ。なあななみ？　お前も分かっただろう？」

「当然ですね、ななみアイからは逃れられません」

ななみアイが何かは俺らも分からないが、魔族は少し警戒したようだ。

「ななみアイ？　どういうことですか？」

ななみのハッタリがまさか通用するとは思わなかった。まあ否定もしなくていいか。

「ずっと思ってたんだよ、何でわざわざこんなダンジョンに連れてきたのか。準備したんだろう？　自分を回復するための魔力、そしてカトリナを洗脳するための魔力を得るためにダンジョンの魔石を。ここはそういうダンジョンだから」

俺がそう言った瞬間、魔族の目が変わる。彼は俺に向かって指を指すと。

「加藤里菜、そいつを殺せっ！」

そう叫んだ。それは暗に俺が言っていることは正しいということを証明していた。

「いや無理だって、カトリナは——」

と俺はカトリナを見る。あれ、なんか角さらに大きくなってない？　それに手になんだか闇属性の……爪？　え、まってなんで⁉

カトリナを縛るグレイプニルは一瞬膨らんだように見えた。そしてそのグレイプニルは、

「ッ、幸助、逃げてッ」

カトリナの生み出した爪で切り裂かれた。

それを見て俺は確信する。ほんと頭を抱えたくなるが、これはゲーム通りではないパタ

ーンだ。

「ななみ、皆に説明を頼む、俺はカトリナを抑える」

俺が皆に話す余裕はない。迫るカトリナの爪にストールを合わせた。

直後に衝突音が辺りに響く。あまりの衝撃と音で鼓膜が破れるかと思った。最初からヤバイのが来ると分かって踏ん張っていたからなんとかなったが、これは間違いなく攻撃力上がってるな。

「瀧音さーん、ほんとにだいじょうぶなんですかー!?」

「たっきー、私が忍術で……」

と、結花とアイヴィから声を掛けられる。しかし二人にはしてほしいことがあった。

「いや、二人とも、俺一人で十分だ。だからカトリナを操るために使っている魔力の供給を止めてほしい」

また勢いよく振り下ろされる腕。俺はそれを防いだ。その間にもななみは皆に情報を伝えていく。

「ななみアイには見えました。奥ですね。奥の道の先にこの魔族の力の源、魔石があります」

「貴様ら……」

アンドレアルフスは今度はななみを睨《にら》む。

「それを壊せば、異常な自己回復がなくなり、加藤様も元に戻るでしょう」

ななみが指したのは二つの道だ。その奥には大きなクリスタル状の魔石が鎮座しているはず。

アンドレアルフスは知識も技術もあったが、魔力量は一般的な魔族ほどしかなかった。

そのため、カトリナの封印を解き、洗脳するための魔力もなかった。

だからわざわざこの場所を選んだのだ。このダンジョンはその魔力を供給する特殊な魔石が二つ有った。それに気がついたアンドレアルフスはこのダンジョンを封印し、来るべき時に使おうとした。それが今だ。

ちなみに魔石を壊しに行くためには、魔族の横を通り過ぎて行かなければならない。なぜここで封印を解いていたかと言えば、その自分の力の源である魔石を守るためでもあった。

普通ならこいつと戦闘中にわざわざダンジョンの奥に行こうとしない。そのため普通はこの先で魔石を壊さなきゃ倒せないだなんて分からないだろう。

ただゲームでは詰み防止かご都合主義か分からないが、「クックック、私の力の源をこの階層で見つけない限り、私を倒せませんよ！」と自分の弱点をさらけ出す発言をする。

まあゲームだから仕方ないんだろう。

「皆様、いくつかのチームに分かれましょう」

ななみは元々俺と相談して居たようにメンバーを割り振っていく。

ここに残ってカトリナとアンドレアルフスと対峙《たいじ》するのは俺とななみ、エスメラルダさん、聖女、そして伊織だ。理由は単純で、ただ攻撃に耐えるだけならこのメンバーが良いと思ったのだ。俺はストールで防御してれば良いし、鉄壁のエスメラルダさんは外したくない。それに聖女の回復魔法に、防御も回復も出来るであろう伊織。そして補助としてのななみ。

「では私は此方《こちら》に行こう。リュディ、援護を頼めるか？」

「任せてください、雪音《ゆきね》さん！　幸助、里菜ちゃんを任せたわよ」

もちろん魔族も自分の回復を行っている魔石をそのまま放置しているわけではない。しっかりと守護者を配置している。先輩とリュディだったらそれを倒して魔石を破壊してくれるだろう。

「ならウチ達はこっちかな～？　ゆいゆい行ける？」

「大丈夫です、ささっと終わらせましょう。お兄ちゃん、変な事しないでよ」

アイヴィと結花のペアも問題無く倒してくれるだろう。もしアイヴィが変なポカをしても結花ならなんとかしてくれる。そう信じてる。

「通しません、また君ですか……邪魔ですね」

そう言って魔族は魔法を発動させようとするも、それは伊織が切りつけることによって止められた。

「何で行かせたくないんだろうな？」

もし仮にななみと俺の言っていることが嘘ならば、別に行かせても良いはずだ。しかしアイツは妨害をしようとしたのだ。

「答え合わせが済んだようね」

聖女はそう言ってペインをガードした伊織に向かって回復魔法を使う。

「さて、ここからは耐久だな」

さあここまでは順調だ。非常に順調だ。ただ想定外の点があるとすれば、だ。

「って、苛烈だな……っ」

カトリナが強くなりすぎていることだろう。それも信じられないぐらいに。

ゲームではこのイベントで戦うカトリナはさほど強くなかった。しかし現実はどうだろうか。想定よりもかなり、かなりかなりかなりの三倍増しぐらいに強い。

なぜこんなことになってしまったのか、それはゲームと現実の違いのせいだと予想する。

ゲームではどんなに成長したカトリナでも、このイベントで戦う小悪魔カトリナの強さに変動はなかった。攻撃五百あったカトリナが、この戦闘中は百になり、そして仲間に復帰すると五百に戻るというように、仲間時代のカトリナの力が反映されていない。

しかしそれは現実では通用しないという事なのだろう。現実で育ったカトリナの強さが魔族化によってさらに強くなってしまったのだ。五百が千になった感じと言えば良いだろうか。

でも普通に考えればそうだよな。何で俺はここの小悪魔カトリナはそんなに強くないと思ってしまったんだろう。

こんなに強いなら、そりゃグレイプニルのロープを抜けるよな。

そしてもう一つ想定外がある。

「なあ、ななみ。俺の気のせいじゃなければだが、カトリナの角が今も大きくなってないか？」

「残念ながら気のせいではないですね。角は現在も成長しておりますし……何より魔力と存在感がどんどん増していますす」

「すでにこんなに強いのに、か」

ほんと想定外だよ。まだ彼女は強くなるだなんて。

◇

—リュディ視点—

「何も出現しませんね」

私がそう言うと雪音さんが頷《うなず》く。

「もしかしたらダンジョンからすればあの魔族も敵であり異物なのかもしれないな」

確かに、そう考えるのが自然かもしれない。

ななみはこのダンジョンではゴーレムのようなモンスターが出現しやすいと言っていた。だけどそれには最初の一度しか会わず、魔族の眷属《けんぞく》らしいモンスターにしか会わなかった。それに出会う頻度も少なかった。もしあの魔族がダンジョンの異物であるならば、モンスター達は魔族やその眷属に攻撃を仕掛けるはずだ。

それならやけにモンスターが少なかったのだと説明が付く。間引いてくれたんだろう。

と私がそんな事を考えていると、雪音さんは怪しいなと呟《つぶや》いた。

「嫌な予感がする。こんなに敵と戦わず、すんなり魔力の源を破壊できると私は思わないのだが……リュディはどう思う？」

私なら、か。私がもし魔族の立場だったら……？

「私もすんなり破壊できると思えません。絶対安全な場所に置くか、護衛を置くか、罠《わな》を置くか何らかの対策をします」

「……そうだな。私も守るための何かをするだろう。それが罠か護衛かは分からない。ただ間違いなく何かはある」

同じ意見だ。無いわけが無いだろう。

私たちが大急ぎで進んだこともあって、その魔石はすぐに見つかった。

「これだな」

それは吸い込まれそうなほど黒い菱形《ひしがた》の魔石のようなものだった。

「この魔石のせいで辺りが少し暗くなっている？」

あまりにも強い魔力が使われているせいか、その魔石からは黒い粒子のような物が浮いている。また強い熱なんてないのに魔石近くが陽炎《かげろう》のように揺らめいて見えた。

洞窟のあちこちにある水晶から一線を画すその不気味な魔石の下には魔法陣があり、そこから魔族に魔力を供給しているだろう事が予想される。

私は魔石の周りをじっと見つめる。

「何も、居ない？　罠もなさそう？」

雪音さんも薙刀《なぎなた》でつついたりして辺りを調べるも、罠の存在を見つけられなかった。

「……壊そう」

雪音さんは武器を構える。そして魔石に向かって武器を振り下ろした瞬間、ソレは現れた。

「っ！」

ソレは魔石の中から現れた。ぱっと見たかぎりでは黒い人形《ひとがた》の影だ。ソレは長い爪で雪音さんの薙刀を弾くと、雪音さんに向かって蹴りを放つ。

雪音さんはそれを横に飛んで躱《かわ》すと、やはり守護者が居たかと呟いた。

アレは。

「里菜、ちゃん？　いえ、違う」

その纏《まと》う雰囲気は普段の里菜ちゃんとも先ほどの里菜ちゃんとも違う。

「うむ。里菜では無いな」

雪音さんも断言する。

目の前で魔石を守るように立つアレ。里菜ちゃんを模《かたど》った影は、漆黒の爪を生み出すと雪音さんに斬りかかった。

◇

―結花視点―

「ちょっと大丈夫ですか、アイヴィさんっ！」

私がそう言うとアイヴィさんは「な、なんとか」と話した。

私達が明らかに怪しい魔石を見つけて、それを破壊しようとしたときだった。彼女が現れたのは。

「いや、危なかったよ。まさかこんなのが現れるだなんて。死ぬかと思ったぴょん」

アイヴィさんは変わり身の術で彼女の不意打ちをなんとか避け、その場から離れた。あそこまで距離を取ればとりあえず追撃は来ないだろう。

「アレってやっぱ里菜ちゃんかなー？」

アイヴィさんは魔石の陰から現れた彼女を見てそう言った。

「うーん、何となく里菜さんぽくないんですよね〜。強いて言うなら里菜さんの皮をかぶった何かでしょうね」

「里菜ちゃんモドキだね！」

見た目はさっきの小悪魔な里菜さんそのままだ。でも纏う雰囲気は里菜さんではない。そんな見た目の彼女が魔石の前でずっと待機しているということは……？

「アレってやっぱり守ってるんですかね？」

「うん。そうじゃないかなぁ？　魔石を守ってそうだよね」

まあそれ以外考えられないか。

「ゆいゆい。アレを壊さなきゃ駄目なんだろうけどさ、モドキちゃんは壊させてくれると思う？」

「まー無理だと思いますよ。でもやるしかないですよね」

「そだね」

アイヴィさんはクナイを抜くと里菜モドキに攻撃を仕掛ける。突き、横薙《な》ぎ、そして投《とう》擲《てき》。

しかしその攻撃のことごとくを里菜モドキは受け流していた。そして隙があると判断すると里菜モドキは此方に攻撃を返してくる。それも尋常じゃないほどの強さで。

「うっひぃぃいいいいいい！」

アイヴィさんは迫る里菜モドキの爪をギャグ漫画のように体を反らし全力で避ける。もしかしたらアイヴィさんは軟体動物の生まれ変わりかもしれない。あんなのギャグ漫画でしか見たことが無い。ちょっと引いた。

「よ、良く避けられましたね……。それにしてもなんですかね、あれ。速さのリミッターぶっ壊れてるんじゃないんですか」

もしかしたらさっきの瀧音さんが受けていた攻撃並かそれ以上かもしれない。それぐらい早く、力の乗った攻撃だった。

「あんなの食らったら私の体バラバラになっちゃうぴょん！」

確かにまともに食らったらバラバラになってもおかしくないかも。それぐらいヤバイ攻撃だ。あんなの雪音さんの攻撃レベルじゃない？

もしアレをかいくぐるなら。

「アイヴィさん、作戦を思いつきました」

「ほんと⁉」

「はい、アイヴィさんが前に出てボコボコにされている最中に私が魔石を壊します。完璧ですね」

「ぜんっぜん完璧じゃないぴょん！　私生《い》け贄《にえ》にされちゃってる！」

そりゃそうですよね。まあ。

「もちろん冗談です。私が時間を稼ぐんで、なんとかアイヴィさんはあの魔石を壊していただければと」

私がそう言うとアイヴィさんは「んー」と言って首を横に振る。

「それも却下だね」

「……じゃあどうするんですか？」

「私に里菜ちゃんモドキを任せて。ゆいゆいは魔石ね」

いいんですか？　アイヴィさんを見ると彼女はウインクする。

「これでも先輩だし、任せてよ」

何となくポカをしそうな彼女では有るが、まあ。

「そこはかとない不安を感じるんですけど……まあお任せします」

彼女は妙に自信があるようだったので、任せてみようと思う。

「じゃあ、行くよ！」

とアイヴィさんはクナイのいくつかを天井に向かって投擲すると、直刀を抜き里菜モドキに仕掛ける。

しかし接近はするものの、その里菜モドキに攻撃を与えるのは難しかった。それぐらい里菜モドキが強かったからだ。

私は戦っている二人の横を通り過ぎ、魔石の元へ。そしてその魔石に向かって回し蹴りをたたき込んだ。

間違いなく蹴りはその魔石に入った。しかし。

「…嘘ですよね？」

その魔石は全然壊れていなかった。一応ヒビは少し入ったように見えるがまだまだ壊れる気配がない。

一体何回攻撃をしなければならないんだと考えている間に、里菜モドキは私にターゲットを変えてきたようだった。

彼女は私に勢いよく迫ってくる。勢いよく？　って！

「っはぁぁぁぁっ!?」

私はそれを全力で避ける。里菜モドキは飛行しながら私に攻撃してきていた。

「ちょ、飛べるだなんて聞いてないんですけどっ！」

確かに背だか腰辺りにかわいらしい羽が付いているのは知っていた。でも飛行できるだなんて聞いてない。

「可愛いなぁって思ってたんだけど、飾りじゃ無かったんだね」

あのですねアイヴィさん、感心した様子で見てないで。

「こっち来てるなら叫ぶか助けるかしてください、死んでしまいますよ！」

「あ、ごめんごめん。気がついてたしいいかなーって。とりあえずゆいゆい、私の方に」

そう言われ私はすぐにアイヴィさんのところへ向かうも、合流はさせたくないのか里菜モドキも私を追いかける。しかし相手は飛行している上にとても早い。

「これ絶対追いつかれる奴じゃないですか！」

間違いなく追いつかれるだろう。ギリギリまで引きつけて横に逃げるべきだろうか？

「ゆいゆい大丈夫、そのまま走って！　私に手がある」

声の方を見るとアイヴィさんはこっちこっちと手招きしていた。このままだとどうしようもないし。

「し、信じますよ！」

信じてそちらに行くしかない。アイヴィさんに言われた通り信じて走る。走る、走る。

もう追いつかれる、横に飛ぶしかないと踏ん張って飛んだときに、それは発動した。

「ゆいゆい、ナイス！　これでも食らえ！」

そこに現れたのは、水晶の柱だった。どうやら上から生えてきたらしい。

よくよく見てみると水晶の柱が生み出されている場所には星形の魔法陣とクナイが見え

る。どうやら天井にクナイを投げたのはこの水晶の柱を作り出すためだったのか、と納得する。さすがアイヴィさん、これで……。

と思った瞬間だった。里菜モドキがその水晶の柱を物ともせず、軽く破壊しながら私の横を飛んでいったのは。

「あっ……てへっ！」

「てへじゃないですよ。横飛んでなかったら私に穴空いてましたよ！」

「ちょうど良いダイエットに、ならないかな？」

「なるわけないじゃないですか、体重を落とすんじゃゃ無くて命を落としますよ、そんなのごめんです！」

「でもほら見て、リナリナモドキがケガしているよ……あっ」

「……あのアイヴィさん。私の見間違いで無ければケガが回復しているように見えるんですが」

まるで先ほどの魔族の時のように、ケガがどんどん小さくなっている。幸いなことに、ペインの魔法は使ってこないらしい。また回復をしている間はその場から動かない？　っぽいような気がする。

ならこのチャンス時間を利用して魔石を破壊すれば良いの？　でもあんな硬いのを破壊するのにどれだけ時間が掛かるんだろう、瀧音さん達はもっと危険な戦いをしているだろうに、早く破壊しないと。でもあんなヤバイ攻撃をかいくぐりながら…………って。ん？　ちょっと待って。

「あの、アイヴィさん。ちょっと思いついたんですけど」

と私は軽く説明するとアイヴィさんは頷《うなず》く。

「できるよ、それいい考えだね」

「じゃあ、その。私が何とか時間を稼ぐんで準備してもらっていいですか？」

と私は爪を振りかぶってこちらに飛んでくる里菜モドキに向かう。

もし彼女の攻撃を受けるなら全力で受けないと多分受けきれないだろう。それにガードしてもダメージを負う可能性がある。なら。

「全力で避けるか逸《そ》らすかしかない」

と、私は光の盾魔法を発動しながら彼女の攻撃を避ける。そして追撃にガントレットを合わせなんとか避ける。避ける。避ける。

そして理解した。

あ、これ長時間持たない奴。早くしないとまずい。額に汗が伝うのが分かる。

私が何度も回避し続けるからだろうか、里菜モドキはいったん距離を取った。そんな時だった。

「ゆいゆい。ちょうど準備出来たよ！　タイミングもバッチリ」

アイヴィさんの準備が終わったのは。確かに今は最高のチャンスだった。

「お願いします、アイヴィさん！」

里菜モドキが勢いよく此方《こちら》に飛んでくるのを見て、私は走り出す。それと同時にアイヴィさんは魔法を使った。

それは煙幕の魔法である。辺りに灰色の煙幕が立ち上ると私はとある方向へ走る。そしてわざと大きな音を立てた。ここに居るぞとばかりに。

そして里菜モドキは音で私の場所を見つけると『ソレ』を攻撃する。彼女の攻撃は強烈だった。まるでハヤブサのように勢いよく飛んできたため、それによる強い風が煙幕を晴らしていく。

そして煙幕がある程度晴れたときに、里菜モドキは気がついたようだった。

自分が攻撃したのは、私ではなくわら人形だったこと。そしてすぐ後ろに魔石があることに。

「壊すのが大変そうなら、壊して貰えば良いんですよ」

里菜モドキは私の身代わり人形と一緒に魔石を攻撃したのだ。

急遽《きゅうきょ》思いついた手だったがどうやら上手《うま》くいったようだった。魔石が砕け散るのと同時に里菜モドキはボロボロと崩れだし、魔素となって消えていく。

「ゆいゆいっ！　ナイスだよ！」

私の前にアイヴィさんが手を突き出した。私達は手を打ち付ける。

◇

―リュディ視点―


あの里菜ちゃんらしき者は、私の知っている里菜ちゃんと隔絶した力を持っていた。

その漆黒の翼で自在に移動し、手からはやした爪で、岩を砕きながら攻撃する。そのスピードもパワーも、普通じゃ考えられないぐらい速いし強い。

私があの里菜ちゃんと戦ったら、負けるかもしれない。そう思うぐらいにあの里菜ちゃんは強かった。

でもそれ以上の人が、私の前に居た。

「力はあるが、振り回されているな。もったいない」

あれほどの強さを持つ里菜ちゃんらしき者を、雪音さんは簡単にあしらっていた。それは魔族がかわいそうに見えるぐらいだった。

雪音さんはまるで子供を片手間で見ているかのように戦っている。単純な力だけでは雪音さんが負けているだろう。しかし卓越した技術は多少の力など関係ないようだ。

里菜ちゃんらしき者は地面に這《は》いつくばる。そしてゆっくりと回復を始めた。

そんな雪音さんの圧倒的な力を見て、私は思ってしまった。

「まるで、モニカ会長ね」

それは学園で一番の実力者である、モニカ会長にどこかかさなる。もちろん戦い方は似ても似つかないし、武器も違う。でも相手が強者でも簡単にいなし倒してしまう姿は、モニカ会長のように見えたのだ。

里菜ちゃんらしき者が完全に動けなくなるのはすぐだった。

「リュディ、壊そう」

里菜ちゃんらしき者が地面に寝転がりながら回復しているのを横目に、雪音さんはそう言った。私と雪音さんで攻撃を仕掛けるとその魔石はすぐに壊れた。

「結花ちゃんや幸助達は大丈夫かしら……」

私がそう言うと雪音さんは頷く。

「急いで瀧音達の所へ戻ろう。皆が心配だ」

◇

—瀧音視点—

「うまくいくと思ったのに……！」

そう悪態をつく伊織。その気持ちは分かる、俺だってゲームでそう思ったもん。

「まさか魔族が自虐を始めるとは、思いませんでしたからね」

とエスメラルダさんがペインをガードしながらそう言った。

最初、伊織とエスメラルダさんはあの魔族に対して『攻撃をしなければペインを使われないんじゃないのか』と考えた。

受けた攻撃を倍返しするその技は強力ではあるが、仕組みを知っていれば怖くはない。後は一般的な闇魔法に耐えて吉報を待てば良いと考えた。

しかしそうは問屋が卸さない。

「また来るよ！」

伊織は叫ぶと盾を構える。

魔族はニタニタと笑いながらダークランスをいくつも召喚し、それをあろう事か自分に発射したのだ。

「あっあぁ〜、き、ききますねぇ」

はっきり言って異常な光景である。

いくつもの闇の槍《やり》が魔族の体を突き破っているというのに、彼は顔を歪《ゆが》めるわけでも無く、笑みを浮かべていた。

すぐにいくつかのペインが発動する。

伊織やエスメラルダさん、たまにななみや聖女に向かって発射されるソレは、回避を試みるも出来なかった。自動追尾機能《ホーミング》が備わっているようで、誰かや物に当たるまで消えることは無かった。

「まさか自傷だなんて、ね」

聖女は忌々しそうに呟《つぶや》く。そして自身をかばってくれた伊織とエスメラルダさんに回復魔法を使った。

「まったく自傷だなんて、ますますご主人様ですね」

とななみが茶々を入れる。さすがに俺はメンヘラではない。

「ペインだけでもやっかいなのに絡め手まで使ってくるのがムカつくわね」

聖女の言うとおり、ムカつくことに魔族はダークランスとペインだけが自分の攻撃のすべてでは無かった。相手にダメージを与えながら自分を回復する技『吸血の刃』や、相手の動きを鈍くさせるため状態異常『呪い』を付ける魔法『呪怨』、さらには毒の魔法も使ってきたりもしている。

今回は魔族が回復の魔石を用意していたため、絶えず攻撃をしてくるが、普段は毒と呪いを相手に付与し、吸血の刃で攻撃兼回復をしながらペインでカウンターをする戦法なのだろう。陰湿すぎではなかろうか。やっぱりこいつに友達は居なそうだ。

そして心から思うのは、聖女が居てくれて良かったという事である。

此方に回復のスペシャリストかつ、対魔族のスペシャリストでもある聖女がいるためダメージも状態異常もなんとかなっている。

とはいえ、だ。

「さすがに心許《こころもと》なくなってきたか……」

防御に徹しているからこそ長い時間耐えられるのはあるが、さすがに限度はある。すでに皆が魔石を破壊しに行ってから三十分ぐらい経過しているが、残念なことに相手の魔力と体力はほぼ無尽蔵なようで、疲れたそぶりは見えない。此方だけが消耗している。

一応魔力を回復するためのアイテムは、いつでも大量に常備している。だが『なに、瀧音はそんなに沢山持ってるの？　貰うわ』なんて言って湯水のように使う聖女を見ていると、不安が大きくなっている。最悪俺の魔力を贈与しても良いんだが、誰がその間カトリナを抑えるのかという問題が出てきてしまう。

そしてもっと想定外で、ヤバイのは。

「おっとカトリナ。ソレは食らったら骨が折れる」

俺が相手をしているカトリナの力である。

ただ見た目は弱そうなのだ。カトリナの身長は低いし、胸も小さいし、吊り目で口が悪いし、お礼を言うとき恥ずかしがる子だ。今は角生えてるし、しっぽの形は♠《スペード》だし、自分の体重を持ち上げることが出来なそうな翼でカワイイし、やっぱ見た目は小悪魔なんだけど。

しかしだ。彼女の攻撃力と速さは小悪魔ではない。

「ちょっと休憩は許されませんかね」

俺が話しかけてもカトリナは止まらない。まあ操られているのだから当然止まるわけがないんだけれど。

「っ！」

カトリナは息を吐きながら、俺に向かって爪を振る。

今度は横なぎだ。手をしならせ、鞭《むち》のように振るうその腕を後ろに飛んで逃げる。するとカトリナは地面を蹴って俺との距離を詰めると、反対の腕で攻撃してくる。

ああ、これはよけられないなと直感する。すぐに第三の手を合わせそれを防ぐ。しかし今度は踏ん張ることをしない。

そのありえない威力を少しでも殺すため、攻撃される方向と同じ方向に飛ぶ。

第三の手に来る衝撃。俺はそのまま数メートル飛ばされるも、第四の手を使い、アクロバティックな着地をした。

そしてすぐに自分の立っている位置を変えるため移動する。それはななみや聖女に攻撃されないように前に立たなければならないから。

「やっぱ受け流しが一番いいな」

攻撃を受けきることも出来るが、それは体に少なからず衝撃がきて多少ダメージを受けてしまう。

と俺が聖女とカトリナの間に立った時だった。優しい光が俺を包む。

「ありがとうございます、ステフ聖女」

「はいはい、分かったからしっかり守りなさい」

そう言って聖女は伊織とエスメラルダさんの方に集中する。

彼女が伊織たちに集中するのは、あちらの戦闘の方が劣勢そうだからだ。やっぱあんまり聖女の回復魔法をこっちに貰うのは避けたい。

ななみもあっちの援護で忙しそうだ。まあななみの攻撃でカトリナを傷つけるのも避けなきゃならないから、しかたないんだけど。

と、俺が攻撃を捌《さば》いていると、不意にアンドレアルフスはカトリナに命令を出した。

「早くそのストールを片付けて、こっちの援護に来なさい！」

どうやら魔族は攻め手に掛けるらしい。まあ回復があるとは言え、一対多だし、伊織達も聖女がいるし、じり貧になるのは想像が付く。

しかし俺を突破するのは難しいぞ。これでも守りには自信があるから。

と俺がカトリナを押さえ込んでいると、不意に何かに気がついたのかアンドレアルフスは笑いだした。

「まさか、そんな事がね。想定外です、想定外ですよ。ふふっ」

アンドレアルフスは憎々しげにそう言った。想定外というのはどういうことか。それは。

「俺達の強さが、か？」

「否定はしません。あなた達は強い。認めましょう」

そう言って彼は拍手する。全く気持ちのこもっていないであろう拍手を。

「しかし想定外と言ったのはこのことではありません。加藤里菜のことです」

と魔族が話していると不意にカトリナから強い魔力を感じる。彼女は苦しそうな表情を浮かべながら魔力を羽の方に集め……そしてゆっくりと体を浮遊させた。

「想定外です。こんなにも加藤里菜が魔族化して強くなるだなんて。良い意味で想定外でした。そしてこんなにも魔族としての適性があることも想定外でした。私が嫉妬するぐらいには、ね」

その様子のカトリナを見て思わず汗が伝う。

「え？」

「里菜が飛んでる……？」

カトリナは空を飛んでいた。

「まさか私より彼女の方が強くて、彼女の力を私が借りることになるなんて、想定外ではありませんか」

なるほどな。確かにそんな事になると思わないだろうし、本当に想定外だったんだろうな。

奇遇だな。俺も想定外だよ。そんな事が有るとは思って無かったから。

と俺は空を飛ぶカトリナを見る。

メインヒロインである加藤里菜が強いとされる理由の一つに、魔族の力を扱えることがある。彼女は素の状態でも強いのに、魔族化することでさらにスピードと力が増し、闇属性魔法を使うことが出来るようになる。

しかしカトリナの強い点はそれだけではない。彼女の移動力もそうだ。

マジエクにおいて一番移動力があるのは忍者である。忍者は瞬間移動に近いチート技を使えるし素早いからだ。しかしそれと同じぐらいに移動することが出来るのは、魔族化して飛行能力が付いたカトリナと瞬間移動キャラだけである。

他にも飛行できるキャラはもちろん居る。しかしカトリナが群を抜いて素早く、移動力があった。そのため最低一人は入れなければ困る盗賊スキル持ちキャラ枠であり、メタクソ強い味方としてカトリナを入れる人はかなり多く居た。

もし入れない奴は巨乳しか許せない奴だ。

しかしカトリナを利用するのには一つ注意点がある。それは彼女の飛行能力は魔族化してすぐに使えるわけではないという事だ。ゲームではとあるイベントを経て魔族化の理解が深まり使えるようになるはずだったのだ。決して今ここで飛んでるカトリナと戦うことは無かった。

だけどカトリナは。

「飛んでるなぁ」

「飛んでますね」

と俺となまみが他人事のように話していると、聖女がため息をつくのが聞こえた。

「その可愛い羽は飾りでは無かったのね、引きちぎるのは駄目かしら」

なかなか物騒なことを言うじゃないか。

と、カトリナが聖女達に向かって動き出したのを見て、これはヤバイ、と俺は前に出る。

そしてすぐにカトリナと対峙《たいじ》した。もしカトリナが伊織や聖女達の方へ行ってしまったら、場合によっては誰かがやられてしまう危険性がある。俺だって魔族のペインとカトリナの連続攻撃を同時に防ぐのは無理かもしれない。

幸いなことに俺が前へ出ると、カトリナは此方《こちら》を攻撃してくれた。

ただし、今までと同じような攻撃ではない。今度は浮遊しているため、爪攻撃だけで無く。

「浮遊しているから、手も足も連撃に組み込めるのか」

それはまるで格ゲーで一方的に攻撃されている気分だった。

右腕、左足、左爪、右蹴り。ガードをミスると連続で攻撃を食らってそのままノックアウトだろう。

そしてここに来て、新しいストールを使い始めた弊害が出始めた。

「防御が、一瞬遅い……」

だんだんと俺はダメージを蓄積している。

もしストールの練度がもっと高ければ、本当の力を発揮させることが出来ていれば、カトリナの攻撃をすべて防げていたと予想する。

だけど昔のストールだったら防げたかと言えばそうでもないだろう。今のストールは込められる魔力の量が段違いなため、硬さは倍以上になっているだろうから。

と俺が少しずつダメージを蓄積させていると後ろから回復魔法が飛んでくる。どうやら聖女が回復をしてくれたらしい。

さあ、まだまだ行けるぞとストールを構え気合いを入れようとするも、それは上手《うま》くはいかなかった。

カトリナが下を向いて動かなくなったからだ。

「おいっ加藤里菜、何をしている。早くそいつを倒せ」

アンドレアルフスが命令をする。しかしカトリナは何かに耐えるように体を震わせるだけで攻撃をすることはなかった。

それどころか、生み出していた黒い爪も消した。そして彼女は震えながら顔を上げる。

カトリナは泣いていた。


「幸助、お願い。アタシを殺して」


彼女の頬を沢山の滴がつたう。

彼女が多少正気に戻ると言うことは、どちらかのチームが魔石を破壊したのだと思う。もしかしたらどちらの魔石もか。

「幸助。おねがい。今はなんとか自分の体を抑えられているけれど、長くは持たないと思うの。アタシはこれ以上皆を傷つけたくない」

どうして急にカトリナはそんな事を言い出したんだ、と思ったがすぐに理由が分かった。

俺が、弱いからだ。

すべて受け止めてやると言ったのに、少なくないダメージを受けたからだ。カトリナは俺を伊織達を攻撃したくなかったはずだ。先ほどまでは俺がほとんど無傷だったから良いようなものの、今の俺はある程度のダメージを受けてしまった。

カトリナは思っただろう。操られているとは言え、友達を傷つけてしまったと。俺が式部会に入るあたりの時にちょいデレな心配をしてくれた、仲間思いな彼女だ。心労は計り

知れない。

でもだからこそ、俺達は。

「いや、逃げない」

何が何でも助けたい、そう思ってしまった。

「必ず助ける。今のを聞いて俄然《がぜん》やる気が出たぜ」

多分伊織達も思っているだろう。彼らの顔つきが変わっているから。

そんな俺達に水を差すように、大きなため息をつく者が居た。

「……くだらない」

アンドレアルフスはそう吐き捨てる。

「加藤里菜。よく考えなさい、貴方《あなた》は魔族なんですよ。体を見なさい。あなたの現実はそれなんですから」

魔族がそう言うと、カトリナは自分の体を見る。

「ぁ、あっ！」

カトリナは自分の体を見て頭を抱える。そして目を大きく見開き、苦しそうな表情を浮かべた。

「あ、アタシは魔族、魔族。人間と一緒には……」

その言葉を聞いて、カトリナが何を考えていたのか何となく察した。

自分の居場所がどこにも無いとでも思ってしまったのだろう。

「カトリナはバカだな」

俺の口からそんな言葉が漏れてしまった。

ゆっくりとカトリナは顔を上げる。涙でぐちゃぐちゃになった顔を上げる。

「さっき幸助君が言ったじゃ無いか。里菜は里菜だ！」

伊織もカトリナに向かってそう言うと、アンドレアルフスはおいっ、と叫ぶ。

「貴様らぁ……うるさいぞ！」

アンドレアルフスは自身の周りに沢山の魔法陣を浮かべると、伊織達に向かって吸血の刃を放った。

その慌て具合、そしてその攻撃を見て俺はふと思う。なぜか彼はペインを使っていないのだ。もしかしたら。魔石が破壊された？

ならアンドレアルフスは自己再生をしなくなるはずだ。

「伊織、もしかしたら魔石を破壊することに成功したのかもしれない」

俺がそう言うとアンドレアルフスは狂ったように叫ぶ。

「いいっひっひっいひいいひひひっひひいっああああああああああああああ！」

伊織達がアンドレアルフスに向かうのを横目に、俺はカトリナの方へ。

たしか設定ではカトリナを縛る洗脳は、魔族の体力を回復する魔石の力を利用していたはずだ。ゲームでは魔族を倒してから洗脳を解いていたが、今の様子ならもしかしたら洗脳が解ける可能性がある。

どうなるかは分からない。ならやってみるか。

「なあカトリナ」

これから話すことは、一般人は知らないことだと思う。だからカトリナにはなんだこいつと怪しまれるかもしれないが、それは今更だろう。

だけどこれ以上カトリナの悲しむ姿を見たくない。

「お前は俺が式部会に入るあたりにさ、色々心配してくれたよな?」

「ううっ記憶にないっつの」

いや記憶にあるだろ。こんなところでツンデレ発動しなくて良いんだよ。

「実は結構嬉《うれ》しかったんだぜ。本当にありがとうな」

「だから、記憶にないっ」

あ、絶対嘘だ。なんか体の震え大きくなってるし。まあ話を続けよう。

「お前の体の事は心配するな。大丈夫。あのクソ魔族は言って無かったが、その力を自分で操ることが出来るんだ。獣人の『獣化』みたいにな」

と俺が言うと、カトリナは信じられないとばかりに俺を見る。

「う、うそ?」

「本当さ。そういう事例を知っているんだ」

　まあゲームで知ったことだから詳しくは分からないんだけど。とりあえず安心させられそうなことを言っておこう。

「俺達には桜さん……知の天使がいるんだぜ。安心しろ」

　桜さんのネームバリューはすごい。その名前を聞いて彼女は多少安心したように見える。

「で、でも。アタシは魔族。人間の所に居ちゃいけないって、普通に考えろ。バカじゃ無いの？」

　しかし後一押しが足りないか。

「そしたら俺んところにくればいい。花邑《はなむら》家舐《な》めんなよ」

「でも――」

「でもじゃない。俺もリュディも伊織も結花もななみも先輩もオレンジやいいんちょだってお前を見捨てたりしない」

　カトリナの力がすっと抜けていくのを感じる。

「まあ少なくとも俺は側にいる。ななみだっているだろう。お前を一人には絶対にさせないからな」

　カトリナの体の中からバリン、と何かが割れる音がする。そして彼女の肌に見えていた魔法陣の一つにひびが入っていた。

「もし一つの地点にとどまって、自分が魔族のハーフだってばれるのが恐《こわ》いならさ。一緒に世界中を冒険しに行こうぜ。お前の一生分ぐらいなら付きあってやるよ」

カトリナがゆっくり、ゆっくりと俺に向かって降りてくる。俺に向かって手を伸ばす彼女をストールと手で優しくキャッチした。

カトリナは俺に攻撃しなかった。ただ荒い息をしながら俺の服をぐっと摑《つか》んだ。

「まさか傀儡《かいらい》魔法が解けただと？　どうして」

そう言うのは魔族だった。話を信じればどうやらカトリナの魔法は解けたらしい。さっきの割れた音だろうか。

なんて考えていると、カトリナから『んっ、はぁはぁ』、と声が漏れる。湿気のある温かい彼女の息が俺にかかる。

あれ、なんかエロい。

封印を解いたばかりだからだろう、目と口が半開きで、マッサージをされた後のようにトロンとしたような顔だった。またかなり血が上っているのか、顔は朱《あか》く染まり頰に沢山の汗がつたっている。

「ちっ、肝心なところで使えない娘ですね。それに胸も小さく可愛くない」

それを聞いて思い出す。そういや魔族はカトリナの力を利用するだけじゃ無く、子供を作ろうとしていたんだったか。

それにしてもカトリナが可愛くない、だって？　それは聞き捨てならない。

『いや、めっちゃ可愛いじゃん。すうううっっっっごい可愛いじゃん』

彼女はツンデレの中のツンデレ、エリートツンデレだぞ。

顔も可愛いし、体型も彼女にとても合ってるし、声も良い。そもそも『ロリ＋ツインテ＋ツンデレ』とか一世を風靡《ふうび》どころか十世ぐらい風靡出来そうなコンボだぞ？　土下座してでも罵って貰《もら》いたいぐらいだ。罵った後にデレがあればもう最高でアニメ化三クールぐらいいけちゃうね。

なんてことを考えていると、カトリナに動きがあった。

「おっ、カトリナ。大丈夫かっ⁉」

彼女はお腹《なか》に力を入れ、ゆっくり体を起こし手を上に上げる。そしてその手をそのままこちらに……勢いよくこちらに？　あれ？

ばちーんと辺りに掌底音が響く。

「いてぇ！　何でぶつの⁉」

カトリナはなぜか俺の頬をビンタした。

「えっ、カトリナ、なんで俺に対して攻撃してるんだ？　もしかして洗脳がまだ続いてる⁉」

と俺が言うもカトリナは顔を真っ赤にして俺を睨《にら》んでいた。

「うるさいボケナス！」

「ご主人様、思考を声に出していたんだと思われます。めっちゃ可愛いじゃんと聞こえましたよ」

ななみはアンドレアルフスを牽制《けんせい》するための矢を放ちながら俺にそう言う。

「え？」

混乱したままの俺に、カトリナが顔を近づけ話し出す。

「恥ずかしいんだよこのバカ。声がでかくてうるせーし、バカじゃねーの、聞こえてるんだよ。バカ！　クソバカ！」

ヒリヒリする頬を押さえながら彼女を見る。おいバカバカ言い過ぎだろ！

なんて思っていると後ろから回復魔法が飛んでくる。聖女だ。

「里菜、バカ、今は戦闘中よ。戦えないなら下がってなさい」

「俺の名前をバカにしないで貰《もら》えますかね」

「自業自得のような気がしますね」

と苦笑するエスメラルダさんが言う。解せぬ。

「ご主人様、どうやら切れたようですよ」

「切れたって何だ？」

「魔族の回復魔法だよ、幸助君」

伊織はそう言って魔族に攻撃を仕掛けた。たしかにあの強烈な回復は無くなったみたいだ。やっぱ魔石は壊れていたようだ。カトリナも正気に戻ったし当然だな。

さて、じゃあ俺も加勢してさっさと終わらせるか。回復の無いアンドレアルフスはただの雑魚である。

そう考えていると、俺のストールが引っ張られる。

「幸助」

引っ張っているのはカトリナだった。ばつが悪そうな彼女の表情と雰囲気を見て何となく何を言いそうなのかが分かった。でも。

言わせるつもりはない。だから彼女の口を手で塞ぐ。そしてわざとらしくウインクした。

「あり――むぐっ」

「それは、すべて終わってからだ。そしてアホなことを言った俺では無く皆に言ってくれ。俺と同じくらい皆お前の事を心配してたんだからな！」

そう言って彼女の口から手を離す。やっぱカトリナは可愛いわ。

「さてと」

カトリナに背を向け今度は視線を魔族へ。伊織達はよく今まで持たせてくれた。俺は身体強化を施し、さあ行こうとしたときだった。俺のストールが引っ張られたのは。

「待って幸助、アタシも行く」

俺の横に来るカトリナ。彼女はまだ魔族に変身した状態のままだ。

「なあカトリナ。大丈夫なのか？　それにその力、使いこなせそうか？」

「……分かんねーけど」

そう言ってカトリナはアンドレアルフスを見る。

「アイツぐらいなら倒せるかな」

「なら十分だな。とどめを刺しに行くか」

そう言って俺は走り、彼女は空を飛ぶ。

魔族は伊織やエスメラルダさん達の様子を見て、自分が完敗したことを悟ったのだろう。大きく飛び上がると、そのままフロア外へ逃げようとする。もしかしてこのままダンジョンから出ようとしているのか？

しかし逃がすつもりはない。

「ななみ！」

「お任せください」

ななみの放った矢は風を切り、一直線に魔族へ飛んでいく。散々ボコられた魔族に矢を当てるのは、ななみにとっては簡単だったろう。

矢によってスピードを落としたところでだ。カトリナがその魔族の頭を捕まえる。

「よくも散々幸助を攻撃させてくれたな」

どうやらあの魔族より小悪魔カトリナの方が力が強いらしい。カトリナは手で魔族の頭を摑《つか》むと腹を何度も蹴る。そして彼女は俺を見つけると勢いよく俺に向かって投げ飛ばした。

これで終わらせよう。

俺はタイミングを見計らって刀を抜いた。

ここに居る皆の無事を確認し、少しして先輩とリュディは帰ってきた。リュディと先輩はカトリナの様子に驚き軽く何かを聞いていたが、深くは突っ込まなかった。それよりもまずこのダンジョンを脱出すべきだと俺が説明をしたのもあるが。

ただ問題もある。まだ結花《ゆいか》達が戻ってきていないのだ。そのため伊織《いおり》はまだ戻ってきていない結花の心配を始めた。あの魔族を倒せたことを考えると、多分大丈夫だと思うのだが心配なのだろう。

そこに、私が行きましょうと言うのはエスメラルダさんだった。伊織一人を向かわせるのは何かあったときに危険だと彼女は思ったのだと思う。

さて、次の問題はここからだ。

アンドレアルフスはムカつくことに自分の死と同時にとあるトラップが発動するようにしていた。

それは入り口が水晶で塞がるというトラップだ。そしてそれをなんとかしないと俺達は帰れない。

なんとかというのはいつものアレだ。そうご褒美だ。いや罰ゲームだ。

簡単に言えば、エロダンジョンに行かないと脱出出来ないのである。

ここを脱出するためにはとある魔石のスイッチを押さなければならない。するとあの入り口を塞いでいた水晶が元に戻り、俺達が帰れるようになるし、脱出用アイテムも使用可能になる。

しかしその魔石のスイッチを押すと、近くに居た人がエロダンジョンの転移魔法陣に巻き込まれるという罠《わな》もある。

つまりエロダンジョンを起動させなければならないということだ。しかしもしかしたらボタンを押した瞬間に逃げる、またはストールで触ればエロダンジョンを回避出来るかもしれない。

しかし俺は無理をすることを止めようと思った。もしなにかあって被害が拡大したら目も当てられないからだ。だから。

チラリと魔族状態のカトリナと聖女を見る。どうやら帰る方法を模索しているようで、魔族状態について聖女は深く聞いていないように見える。

俺はその隙をみてリュディ達に話しかける。

「リュディ、先輩、ななみ。聞いてほしい」

「どうしたのよ、そんな小声で？」

「ここには色んな意味でヤバイダンジョンがある」

すぐに皆はその言葉の意味を理解した。そして何かを呼び起こしてしまった。

リュディは目を閉じ痛みに耐えるような顔で天を仰ぐ。そしてふふっ、と笑いだした。

ふふっ、ふふふふっ……と何かを諦めるように。

「ふふふふふ、そうなのね」

「でも安心してほしい、今回は俺が一人で行こうと思う」

先輩とリュディは俺の言葉に驚く。

俺は前回アイヴィの件で学習したのだ。色の違うタイルを進んだ上に決めポーズをしなければならなかったあのダンジョン。そんなのする奴いるわけないじゃん（笑）って思ってた。

しかしそれはアイヴィに打ち砕かれた。何が起こるか分からないと、俺は理解した。

まだ合流していないが今回もアイヴィはいる。それに今回は帰るためにエロダンジョンの転移魔法を出現させなければならない。

アイヴィじゃなくても、いつ誰かが間違ってエロダンジョンに行ってしまってもおかしくない。ギャビーのときもそうだ。何の奇跡が起こるか分からない。

ならば逆転の発想だ。皆に情報を共有した上で。


「今回は俺一人でイってくる……！」


複数人では無く一人だ。一人ならば恥ずかしさは半減してしまう。今回はダンジョンの特質上、一人だったら多分色々素通り出来るのでは？　なんて思っている。

もちろん出来ることならば、皆にエロダンジョンに来てほしい。俺はリュディとカトリナとななみと聖女とエスメラルダさんと先輩と結花とアイヴィがエッッッッな格好をしてイキる姿を見たい。

それに自分も『誰にも見られていない』のかと思うと、不思議な寂しさというか心にぽっかり穴が開くような虚無感がある。

でも皆のことを考えたら、やはり俺が一人でイくべきだ。それが一番被害が少ないのだ。

「わ、私も」

「まてリュディ。気持ちは嬉《うれ》しいんだ、本当に嬉しい。でもさ今回は一人の方が多分被害が少ないんだ、言いたいことは分かるだろう？」

俺がそう言うとリュディが顔をそらす。

リュディは分かっている。

もし仮に誰かがエロダンジョンを攻略しなければならないならば、複数人よりも一人の方が心の余裕が出来ることを。

他人に見られる羞恥はそれほどまでに大きい。もしかしたら皆のプライドが傷つけられてしまうかもしれないが、すでに俺のプライドはコピー用紙ぐらいに薄いし何度もやって慣れたものだ、問題ない。

「私が行こうとしても、瀧音《たきおと》は止めるんだろう？」

そう言うのは先輩だった。

「当然じゃないですか、俺は先輩が、その、アレな姿になってほしくない（大嘘）」

本当はなってほしいよ、見たいよ、先輩のえちえちな姿が見たいよ。小悪魔的な先輩を見たいよ。だって俺は！　優しいお姉さんが好きだ、クールなお姉さんも好きだ。だけどエッチなお姉さんも大好きなんだよ！　クールだけど優しいお姉さんにエッチな格好してほしいよ、エッチなお姉さんの豊満なバストは乾いた心を潤してくれるのを知っているんだから！

「瀧音、お前の覚悟は分かった……！」

先輩は目を伏せる。

「雪音《ゆきね》さんっ⁉」

「リュディっ、瀧音の決意は固い」

「そうですね、リュディ様。ご主人様の意思を尊重しましょう」

「ななみまで。で、でもっ」

「おいおい、リュディ。今生の別れじゃないんだぜ。体は百%無事だし、それにせいぜい数時間の辛抱さ」

そう、数時間の辛抱だ。過去のトラウマもあるが、乗り越えなければならない。

リュディは何かを言おうとして言葉にならなかった。そして俺にすがりつくように抱きついてくる。

「ゴメン、私、幸助《こうすけ》のことを守ろうと思っていたのに、そのために風紀会に入ったのに何も、何も出来てない……っ！」

「何も出来てないなんて無い。今日だってリュディのおかげでカトリリを助けられた。ありがとう」

俺はそう言ってリュディの手を優しく剝《は》がす。

「瀧音」

そう呼ぶのは先輩だった。

「私はお前を誇りに思うよ。お前のような後輩を持てて私は幸せ者だよ」

「俺だって、最高の先輩を持てて幸せです」

そう言って俺は背を向ける。そして歩き出す。

「ご主人様」

俺は顔だけななみに向ける。彼女の表情はいつもより悲しそうに見える。

「ご武運を」

にやっと笑ってななみから視線を逸《そ》らす。そして俺は決戦の地へ歩き出す。そして軽く手を上げた。

映画とかでさ、よくあるじゃん。

主人公とか親友とかがさ、限りなく生き残る可能性が低い死地に向かっていくシーンがさ。

皆さ、笑ってたりするじゃん。その気持ちがなんとなく分かるんだよね。

やっぱさ、仲間の悲しむ顔を見たくないんだよ、自分の涙を見せたくないんだよ。

だから俺も笑って、イくんだ。

俺は先輩達に背を向けるとそのエロダンジョンを起動させる魔石に向かう。この悪魔の羽のような形をした魔石がそれさ。俺はすぐにそれを触る。

するとどうだろうか。自分の足下からまばゆい光を放ちながら、一つの魔法陣が構築される。

転移魔法陣だ。それと同時に俺達が帰るための道が開いていくのが見えた。

自分の周りに浮かぶ転移魔法陣の粒子はとても綺麗《きれい》だった。その粒子はやがて自分を包んでいき、まるで分解するかのように転移を始めた。

俺はそれを見て『ああ俺はこれからイくんだ』と思った。

『メスガキダンジョン』に。

……………………………ん？　あれ？

ふと気がつけば二人の女性が俺に向かって走ってきている？

「あんの野郎、幸助っ！」

「あのバカは面倒ばかりっ！」

な、なんかカトリナと聖女が目の色変えてこっちに来てない？

俺の目がおかしくなったかな？　何回瞬《まばた》きしても目をこすっても現実逃避してもやっぱりカトリナと聖女がこっちに全力で走ってきてる？　その少し後ろをななみが追いかける。

しかも先輩とリュディが本気で慌ててる。あれ、やっぱりもしかして？

二人は俺を助けようとしている!?

「ま、まて危険だ！　来るな！」

「アンタねぇ、危険だ来るなって言われて、止まれるわけ無いでしょ」

「貴方《あなた》に何かあったら、私の監督責任なのよ！」

そう言って二人は魔法陣に飛びこんできた。

「うそだろぉおおおおおおおおおおおおおお⁉」

◇

人生は想定外の連続である。

もし俺が今まで生きた半生を語るなら、そう言うだろう。絶対に起こらないだろうと思っていたことは簡単に発生するんだ。

今のように。

「大丈夫か？」

「アタシは大丈夫」

「……ケガは無いけれど、気分は最悪ね。ねえ受け止めてくれたことに礼は言っても良いのだけれど、離してくれる？」

おっと、二人を抱きかかえたままだった。二人の体は……なんて言うんだろう、姉さんは包まれる感じだとすれば、二人は守ってあげたくなる体だろう。背が低くて華奢《きゃしゃ》で、その胸が控えめ、いや絶壁……。

「今何か言ったかしら？」

「い、言ってません」

聖女がジト目で俺を見ている。

「そんな事よりもご主人様。アレは何でしょう」

ななみの発言で一瞬自分の頭が混乱する。ん、ななみ？

「はぁ？　どっかの学園？　んな所に？」

俺はカトリナの言葉を聞いてすぐにそちらを見る。そこには確かに学園らしき物が建っていた。

思わずため息が出る。まあそのどういう学園なのかはもちろん知ってる。ここから抜ける方法は進むしかないから、行かなければならないことも。

あ、それよりもまず先に……。

「あのステフ聖女、カトリナ、ありがとう」

結果がどうであれ、二人は俺を助けようと魔法陣に飛び込んでくれた。俺は二人がケガをしないように受け止める事しかできなかった。

「ちっ、いらねー心配だったみたいだけど」

「貴方、どれだけ問題を起こせば気が済むの？」

「すみません……」

「それにしても、ただの学園には見えませんね、ご主人様」

そう言うのはななみだった。

ずっと思ってたんだけどさ、聖女とカトリナが居るのは理解出来る。理解したくないし現実を見たくもないけど、理解出来るんだ。

でもさ。なんでななみも居るんですかね？

「乗るしかないなと思いまして、このビッグウェーブに」

俺の顔を見て察したのだろうか、そんな事を言う。お前は新型のスマホでも買いに来たのかよ。

俺は門を調べているカトリナ達に聞かれないよう小声でななみに話しかける。

「さっき別れの挨拶っぽいのしたよね？」

「よく考えてください、加藤様とステファーニア聖女様ですよ、面白そ……大変そうですし、メイドとして来ざるを得ないじゃないですか」

本音漏れてる！　まあ俺が第三者だったら気持ちは分かるが。

「冗談ですよ、メイドジョーク。そんな事よりも、皆様が心配する可能性があるので、早く脱出した方がよろしいのでは？」

ああ、そうだな。その通りだ。リュディや先輩達は心配しているだろうし、早くここを抜けよう。

と俺は何か話している聖女達の所へ行く。

「とりあえず、行きませんか？」

と声を掛け俺達は目の前にあった立派な門から学園に入った。

正面玄関にあったのは十個の大きめな下駄箱《げたばこ》、そして掲示板と書かれた黒板だった。

その黒板には下駄箱に入っている服に着替えてから先に進みましょう、という文字がチョークで書かれている。

うん。服、ね。

聖女は下駄箱へ行くとそこから箱のような物を取り出し、蓋を外す。そしてその布を取り出した。

「ふうん。どこにでも有りそうな制服ね……って、な、なによ、これ……」

布を手に持ち、震える声でそう言った。彼女の手にある物。それはすごく丈が短い制服、そして尻丸出し間違いなしのスカート。そしてお尻のラインをはっきりエッチに見せてくれる下着である。

前、後、前、後とまじまじとそれを見たのち、聖女は時間が止まったかのように動かなくなった。

脳の処理限界を越えてオーバーヒートしたのかな？　初めてのエロダンジョンなら仕方

の無いことだ。

それにしても聖女にエッチな下着か。エッチな下着ってどこか神聖さがあるから、意外に相性が良いんじゃ無いだろうか。まあ口が裂けても言えない。

それから少ししてフリーズしていた聖女の手が震え始める。また顔もひくひく痙攣《けいれん》させながら、一人で通路の先へ進もうとした。しかしいつもと同じように見えない壁に阻まれそれ以上先へ進むことが出来ない。バンバンとその壁を叩き、「あああああ」と聖女が出してはいけなそうな声を上げ、持っている下着を見えない壁に叩き付けた。

その様子を見ていたカトリナも下駄箱へ行き、別の服を手に取る。聖女と同じようにわなわなと震えていた彼女だったが、やがて何かを思い立ったのか、帰還用の魔石を取り出した。

もちろんであるが、何も起こらない。

「チッ……壊れてんのかしら、この魔石」

いいや壊れてない。壊れているのはこのダンジョンを想像したシナリオライターである。

「どうやら帰還の魔石が使えないダンジョンのようですね。黒板に書いてあることが本当ならば、着るしか無いでしょう」

ななみが言ったのは二人にとって死刑宣告である。

「ねえ」

聖女が俺をすごい目で見ながら俺に近づいてくる。しかも彼女はさっき投げた下着を手に持ち、ずんずんといつもの数倍の迫力で。

「は、はひぃ！」

彼女は手に持つ布を此方《こちら》に見せる。うん、エッチな下着である。

「ええ、ええとですね」

「これ、なんなの？」

「た、大切な所に身につける物です！」

と俺が答えると彼女は気に食わなかったのだろうか、布を俺の顔に押しつけた。

「これは、なんなのっ⁉」

「しょ、ショーツですっ！　で、でも聞いてください！」

「何よ！」

「ど、どうやらすごいエンチャントが掛けられているようです‼　だから許してくださ い‼」

と、俺は叫ぶ。そのショーツがゲームと同じならば、装備するといくつかの効果がある。

「ご主人様の言うとおりですね、この黒板に書かれていることが真実であれば、お尻を綺麗に見せるためのヒップアップ効果が有るようです」

チラリと黒板を見ると『たるんだお尻にも効果は抜群だ！　スーパーヒップアップ下

着』と書かれている。

と俺は胸ぐらを捕まえられ、聖女の顔を無理矢理《むりやり》見せられる。すごい美人がぶち切れていらっしゃる。

「そんな効果が欲しい訳じゃ無いのよ!!」

ヤバイ、ショーツぐりぐり力が上がっている。

ちなみに今ちょうどカトリナの持つ服には太ももがむっちりに見える魔法が掛かっている。だからなんだって話ですよね、はぁいっ!

「ステファーニア様。ご主人様が何かされたわけではありませんし、そろそろおやめください」

とななみが言うと彼女は手を引っ込める。凄《すさ》まじい迫力だった。ちなみに尋問なのかご褒美なのか分からなかった。多分これがご褒美尋問なのだろう。

それから全員が沈黙し、服を見たり現実を見たりするための時間が過ぎた。そして、

「チッ、穿くしかねーのかよ……」

そうカトリナが何かを諦めた様子で呟《つぶや》いた。

「大事なところは見えないことが救いね」

それにしても服のサイズは調整されるんだよな? ななみは兎《と》も角《かく》、二人は胸が……っ
やばい、聖女が感情を失った顔で此方を見ている。もしかして見ていたのがバレた⁉

「……ねえ瀧音幸助？」

「き、着替えてきますっ！」

俺は適当に服をつまむと、そのまま校舎から出ようとした。しかし。

「あ、あれ!?」

見えない壁に阻まれる。どうやらこのエロダンジョンは一方通行らしい。しかし後ろから強烈な気配が迫ってきていた。

やばい、諦めたらそこで試合終了である。俺がなんとか破壊できないかと殴るも、もちろん破壊できるわけも無く。

「どこを見ていたのかしら？」

真後ろから声が聞こえる。しかし俺は振り返ることができなかった。

もしここに居るのがリュディと先輩だったら、何かしらを言っていたかもしれないがすんなり穿《は》いていただろう。

ある意味でダンジョンに調教されてしまったのだ。着ないと先へ進めないと分かっているから。そしてまた俺もダンジョンに調教された一人である。

「まだマシだったな」

よくよく調べたところ男性用の服も存在しており、俺はそれを着ることが出来た。しかし海パンとボタンの無いアロハシャツである。何この服。海水浴にでも来たのかな。

まあ服を着たところで、場合によっては意味は無いんだが。

「ご主人様、準備が出来ました、此方を見ても大丈夫です」

学園だというのにここには更衣室は無いのか？　そう思うが残念ながら無い。

狂おしいほどの見たいという邪念を、心の中で歌を歌いながらごまかしていたが、ようやく終わったみたいだ。

「お、おおう」

ななみはかわいらしい牛さん柄の水着を着ている。何でこんな所に牛さん柄の水着があるんだよ、そしてお前は何でそれをチョイスした。俺が水着アロハだから？　いや、まあ。とても似合ってるんだけど。

「い、いつ見てもななみは可愛いな」

「当然ですね。それとご主人様、以前も言ったではありませんか。そんなに見られると出産してしまいます」

「妊娠飛び越したぞ？」

いつの間にミルクが出るようになったんですかね？　牛だけにかな？

となななみの発言はスルーしてさらに後ろを見る。そこには恥ずかしそうにしているカトリナと顔を真っ赤にしてぷるぷる震えている聖女がいた。

カトリナと聖女は結構似ているところがあると思う。身長こそ違うが華奢《きやしや》で、普段はクールでツンとしている。そんな二人が普段は絶対に気ないであろうエロコスチュームを着て恥ずかしがるとか、俺の倫理は崩壊してしまう。

「……な、何じろじろ見てんだよ」

カトリナはそんな事を言うが、そりゃ見てしまうだろ。ヘソ出し服は神。可愛いんだもん。

「いやその、すごく似合ってるなって。その、可愛くて」

そう言って俺は視線を下に向ける。見たいけれど、彼女のためにも見ちゃ駄目だ。

「こんな貧相な体なのに？」

カトリナは自分の体のことを理解している。まあもちろん聖女もだ。特に聖女はこのゲームで一番貧乳に悩んでいる。もっと平らな子も居るんだけど。

「いや、貧相とかそういうのじゃ無いんだ、その着ている物はちょっとアレな感じだけど、その悪いんだけど普通に可愛いし、なんかドキドキしてしまって」

「ば、バカじゃねーの」

チラリと視線を上に上げ、カトリナを見る。そのぷんすかする顔も可愛いんだよなぁ、てかさ照れながらぷんすかするなよ！

「バカよ。興奮するだなんて。それ切り落としていいかしら？」

物騒なことを言うのは聖女である。しかし彼女は恥ずかしがっているだけであることを俺は知っている。それにしても彼女のエロ制服はすごく良いな。

「聖女様はそのすごく大人びた感じになっていて、それがまたなんか妖艶な魅力を感じると言いますか」

「……やめなさい」

最初から少し赤かった聖女だったが今は耳まで真っ赤になっている。

そろそろ行きましょう、とななみに促され俺達は先に行く。


そして俺達が来たのは一つの教室だった。そこには学園によくありそうな学習机と椅子が設置されており、その先にはホログラムディスプレイとそれを操作するための機械らしきモノが置かれていた。

「ますます学園ね」

学習机を調べ始めるカトリナ。またななみはホログラムディスプレイの操作を始める。

聖女はななみがホログラムディスプレイの操作を始めたのを見て、一番前の特等席の学習机に寄りかかって画面を見た。

「ご主人様、起動しました」

そこに現れた文字はこうだ。

ようこそメスガキダンジョンへ！

皆の知恵と力でダンジョンを進んでね。

進めなくなったら皆に頼んじゃえっ！

上から目線で言うことを聞かないかもしれないけれど頑張って！

皆の力を合わせてゴールを目指せ！


現時点ではちょっと分かりにくいが、詳しい説明はこの後ななみがしてくれるだろう。

まあ簡単に言えばここではヒロインをメスガキ化することが出来る。メスガキ化すると『特殊な能力』を得ることが出来るが、ヒロインが言うことを聞かない生意気な子供、メスガキになってしまう。

そしてその『特殊な能力』を使うことでこのダンジョンを進んでいくのだが、メスガキ化がやっかいなのだ。

メスガキが簡単に言うことを聞くかを考えてほしい。聞くわけ無いよなぁ。

そのため主人公はメスガキをなんとか操ってゴールまで連れて行くのだが、ここからが一番の問題だ。

今度はゴールでメスガキ化の洗脳を解かなければならない。どうやって洗脳を解くのか。

メスガキ分からせである。

今まで散々いたずらをしてきた彼女達に、罰を与えることで改心させ元に戻すという設定らしい。ちなみにその方法は尻叩きである。

そんな現実を知り、聖女とカトリナはフリーズしている。多分脳がオーバーヒートしてるんだと思う。ただエロダンジョン百戦錬磨のななみはさすがだ。動揺がゼロである上に、何か他に情報は無いかとデータを確認していた。

そしてななみは何かを見つけたらしい。

「やりました、ご主人様！」

「どうした!?」

「期間限定でメスガキ化に淫紋や褐色化を追加できるそうです。入れますか？」

入れるわけ無いだろ！　アホか!!

さて、進むためにはどうしてもメスガキ化が必要と悟った二人は、人生を諦めたような顔をしてメスガキ化施設に入っていく。もちろんななみはいつも通り入っていく。

ちなみにそこは四畳半くらいのガラス部屋のような場所だった。そのため中がどうなっているかがよく見える。どうやら地面の穴から特殊なガスが噴射されるらしい。

彼女達が入りドアを閉めると、沢山の白いガスが部屋を埋める。

その様子を見ながら、俺は自分に気合いを入れる。メスガキはつよい。かなり精神を削られる事を覚悟しなければならない。

ちなみにこのメスガキ化は、自分の体に『他の人格』が『名前、年齢、一般常識などの最低限の知識を持った状態』で入るような感じである。そのため自分の名前が分かったり、好きな食べ物が何か理解出来たりしているが、俺の事は分からないであろう。

ちなみに『他の人格』が入り込むことによってカトリナ達当人の人格とか記憶がどうなるかと言えば、それが悪いことに全部残っている。例えて言うならテレビを見ているような感覚に近いんじゃ無いだろうか。だから自分がメスガキになってしでかすことを、彼女達は解除された後も覚えているはずだ。

とりあえずまずは簡潔な自己紹介から始めることになるだろう。

「よし。どこからでも、掛かってこい‼」

それから一分ほどしただろうか。ドアが開いて煙が抜け始め、

「ここ、どこ～？」

とカトリナが話し出す。彼女はガラス部屋から出て来ると目をこすりながら辺りを見た。

「なんかちょっと臭いんだけど～」

次に部屋から出てきたのは聖女だ。彼女は眉をひそめながら鼻に手を当ててる。

「私は……メイド。いえ、メスガキ……メスガキメイド！」

最後はななみ。彼女についてはよく分からない。

カトリナは俺を見つけると、顔をしかめ口を開いた。

「で、おじさんだれ～？」

「え？　ほんとだ♥　何このだっさいアロハ。おじさんじゃん、キモいんだけど～♥　ウケる♥」

口に手を当てて笑う聖女。アロハ引きちぎりたいんだけど駄目かな？

「えっ♥　あっ♥　これすっご♥　あなた様はもしかして～魂のご主人様ぁ？　マジぃ♥　私《わたくし》の事は美少女メイド天使メスガキななみと呼んでほしいかも～♥」

覚悟は決まったと言ったな。アレはウソだ。

だってすでに心が折れそうなんだもん。

なんでさカトリナと聖女は順当にメスガキ化したけど、ななみはイレギュラーなメスガキ化したの？　これメスガキじゃないよね？

「おじさんじゃないし、キモくないし、長い！」

魂のご主人様ってなんだよ。魂のご主人様って。

「えー？　おじさんじゃ～ん♥　なんか加齢臭もれてるもん♥」

「えっこの臭いって加齢臭？　ねぇぇぇぇぇ、マジでヤダ～♥」

おいカトリナ、俺は加齢臭なんてしない。おい聖女、ニヤニヤしながら話すと嫌そうに聞こえないんだけど……。てかななみ。臭いを嗅ぐな。

「くっさぁ♥　こんなのずっと嗅いでたら発情メイドになっちゃうんだけど♥」

あーもう。混沌《こんとん》としすぎだろ、ここ。とりあえず。

「ま、まて。まずは自己紹介から始めよう」

「この二人に話すのは良いんだけど、そこのおじさんには話したくないよねぇ♥」

「おじさんがそーゆーの頼むなら、相応の態度をみせてもらわないと、イけないよねぇ♥」

「お、お願いします。自己紹介をさせてください」

「うっわ～♥　マジ？　頭下げたんだけど。ざっこ♥」

「私達に頭下げるって、はずかしくないのぉ♥」

俺のペラペラだったプライドが無くなるどころか精神削り始めてるんだけど。

「まーそんなに言うならぁ考えてあげても良いかな～♥　そうだアタシ美味《おい》しいお菓子がいいな、ね。お・じ・さ・ん♥」

「あいいな～♥　私プリンね♥　美味しいのじゃ無いと許さないんだからぁ♥」

プリンなんてお前の尻にあるだろいい加減にしろ！　駄目だあまりにメスガキ構文くらいすぎたせいで俺のテンションもおかしなことになってる。落ち着け。

「いくらでも奢《おご》ってやる。いくらでも奢ってやるから自己紹介を進めるぞ」

こういうときは無理矢理《むりやり》名乗ってしまえ。

「俺は瀧音幸助って言うんだ。学生をしている」

よし、これで俺は学生であり、おじさんではないことを言うことが出来ただろう。

「瀧音おじさんかぁ。へ～♥ アタシは加藤里菜って言うんだ～可愛いでしょ♥」

「私はステファーニア。自慢じゃ無いんだけど、聖女やってるぅ♥ 貴方《あなた》とは住む世界が違うんだからぁ♥」

「ご主人様ぁ～もちろん覚えてるよねぇ～♥ 私は超絶天使合体美少女ななみメスガキメイドZだよ～♥」

さっきと全然違うぞ、何と合体したんだお前は。

「カトリナとステフ聖女とななみだな」

ようやく自己紹介が終わったぜ。ここまで来るのにすでに疲れたんだけど。

「それにしてもあっつぅぅ……！　エアコン壊れてるのかしら？　汗かいちゃうんだけどさいあく～♥」

そう言って汗を拭う聖女。その服を見てふと思い出した。

そういえばここの隠しエロ設定として汗で透けやすい服装が導入されている。そしてフロアはすべて夏の学校。もうお分かりですね。汗だくです。

聖女は近くにタオルか何か無いかとキョロキョロと辺りを見ていた。そんなとき「ねーねー」とカトリナに呼ばれ、俺はそっちを見る。

「やっとこっち見た。ねー瀧音おじさん？　長いからおじさんでいい？　いいよね♥　ありがと♥」

おじさん消して瀧音か幸助にしてくれ。

「ねぇぇぇぇぇ。ちょっと聞いてってばぁ♥」

と俺の服を引っ張る聖女。なんださっき一人で何か探してたじゃないか！

てかお前の『ねぇぇぇぇぇ』がめちゃ可愛いんだけど。

「ねぇ、あっついんだけどぉ♥　なんとかしてってば♥」

顔近い、顔近い、綺麗《きれい》、いい匂いする！　すっげー顔ちっちぇえし、肌もめっちゃ綺麗じゃん。

「それは〜♪　美少女ぉ天使〜♪　メスガァァァァキィ、メイド〜♪」

お前は一人楽しそうに歌いやがって。頼むから助けてくれ！

「あ、何あれかわいい♥」

勝手に変なとこ行かないで！

「ねぇぇ暑いんだってばぁ、汗かきたくない」

「少し進めば水飲めたりするから我慢して」

俺だっていやだよ、エロゲにありがちな透けやすい服なんだから。

でも出来るのは栄養補給だけで、汗をなんとか出来る施設はゴールまでありません!!

口に出したら大変なことになりそうだから言えません!!

「ねー、ご主人様〜王様げぇむしよー？　私わぁ、ずっと王様ね〜っ♥　え〜っとご主人様は変態で♥」

「それ王様ゲームじゃ無くてただ自分が変態に命令するだけのゲームだよね？」

それなんてプレイだよ、でもちょっとプレイしてみたい。

てかさ。これさ。

「ああもう、収拾付かねぇよ！」

この混沌をどうすればいいんだよ!!

おかしいよね。本来突っ込み側である聖女とカトリナがボケ側にまわってしまったらさ、ななみという一人で数人分くらいボケる奴を止められるわけねぇんだよなぁ。

◇

それからどれくらい時間がたっただろう。なんとかなだめた俺は皆に協力を願う。

「という事で俺はこのダンジョンを出たいから協力してほしい。カトリナも聖女も美味しいスイーツが食べたいだろう？」

「食べた〜い♥」

「私はご主人様が食べた〜い♥」

カトリナは素直で可愛いなぁ。ななみは意味不明で可愛いなぁ……問題発言ですよ。

「仕方ないなぁ〜おじさんは♥　でも知ってる〜？　知らないおじさんについて行くのって駄目なんだよ〜♪　え、もしかして知らないの〜ざぁこ♥」

なんだろう、聖女にざぁこ呼ばわりしてもらえるなら一生ザコで良いかもしれない。

と上から目線で罵られながらも俺達は廊下の先へ進んでいく。

このダンジョンは見た目通り普通の学園のような作りをしている。廊下を進むと二つに分かれていたり、階段があったりしていくつか分岐するのだが、これがまたくせ者だ。

メスガキ化したカトリナは壁に貼られた案内を見て、うっそーと呟《つぶや》いた。

「えーこの学校温水プールとサウナ有るのお♥　最高じゃん、こっち行こう♥」

「駄目だ駄目だ！　男女混合だぞ？」

いくつか明らかにヤバイ施設があるのだ。その一つは温水プールやサウナである。汗をかくことで服がスケスケになるこのダンジョンとは相性抜群だと言って良い。

「このおじさんちょっと面白いからぁ……私は別に良いかも〜♥」

「えっ⁉」

聖女の言葉に俺は驚きを隠せない。み、見ても良いんですか？　い、いや駄目だろ。俺は最初に被害を最小限に抑えると決めていたんだから。

と俺が悶々《もんもん》としていると、聖女は笑った。

「プ。ねぇ、きもいぃぃぃ♥ りなりなぁ〜、見て〜♥ おじさんすっごい顔してる♥」

「え、アレ信じちゃったの〜♥」

「そんなに見たいんなら、見せても良いんだよ〜♥ しょうがないにゃぁ♥」

そう言って聖女は自分のスカートを少しだけめくる。俺は全力で見たい、されど紳士でありたい。

ほんのちょっと、人生の中で一瞬と呼べるくらい、もしかしてアレは夢だったんじゃ無いかと思うぐらいの瞬間、俺はそれを見て目をそらす。

「じ、自分を安売りしちゃ駄目だ。君はもっと自分にとってふさわしい人が出来たら見せてあげなさい」

と見た奴が綺麗事《きれいごと》をほざく。普段絶対に見せることが無いであろう人が見せてくるチラリズムは、天変地異に等しい衝撃であることを理解した。未《いま》だ俺の心は地震が起きたかのように揺れている。

「ご主人様〜♥ 早く行こう♥ ななみ汗かいちゃう〜♥」

確かにななみの言うとおりだ。ここは夏の学園。立っているだけでじわじわと汗をかいている。

「行こう」

そんなこんなで俺が彼女達を連れてたどり着いたのは、一つの教室だった。

「なにここ〜？」

三人は中に入ると自分勝手に行動を始める。

「こらこら止めなさい」

もちろんそれで止めるメスガキ達じゃ無い。メスガキがメスガキたる所以《ゆえん》だ。彼女達は自由だ。勝手に机を漁《あさ》ったり、ロッカーを漁ったり。まあ俺に実害は無いから良いのだが、止めなければならない。

その教室の黒板には皆で協力して問題を解こう、と書いてある。その横にはよく分からん問題がいくつか。

さて、ここをどうやって突破するかと言えば、ここにいるメスガキに頼るのだ。いやこのメスガキダンジョン全般がそういったダンジョンになっている。

彼女達がメスガキ化すると同時に、それぞれに特殊な能力が追加されているはずだ。今回のステージだと知識が追加された人を探し、この問題を解いて貰わなければならない。

別のフロアだったら裁縫が得意なメスガキに頼んでフロアを突破したり、体育が得意になったメスガキに跳び箱を跳んで貰ったり、体操をして貰ったり。

しかし彼女達が普通に問題を解いてくれるだろうか、いやそんな訳がない。

彼女達は『メスガキ』だ。

「おーい誰かこれが分からないか？」

「え～♥　おじさんこんなのも分かんないの～♥　ざぁこ♥」

どうやら知識を得たのはカトリナのようだった。彼女はニヤニヤしながら俺の顔を見る。

「しかたないなぁ♥　分かってるよね♥」

何も分からないけれど、とりあえず頷《うなず》く。

「何か有ったら俺のせいにして良いし、罰ゲームでもあれば俺が受ける。だから頼む」

「じゃあ～おじさんが馬になって、私が上に乗ってお尻叩いても良い？　ププ♥　想像しただけでウケるんだけど～♥」

な、なんだそれは、ご褒美かな？

思わず彼女の下半身を見てしまう。形の良いお尻に、強化された太もも。伝う汗のせいですでにスケスケになりかけている。これはヤバイ。

「そこまで言うんなら、しかたないなぁ♥　じゃあ解いてあげる♥」

とカトリナはチョークを手に取るとすらすらと解答を書いていく。それはもちろん正解だった。

俺達がその教室を出ようとしたときだった。

「……ま、今日ぐらいならおにーさん呼びしてあげてもいいかなー？」

カトリナはそう言って手を後ろで組み、俺の顔をのぞき込むように体を少し傾ける。

「ゑ」

意外な事を言われ思わず言葉を失う。思考もままならない。頭がさっきの『おにーさん』でいっぱいになってる。

「え、何？　もしかして期待しちゃったー!?　ぷぷぷっおじさんって若く見られたいんだ♥」

俺の見た目は若いはずなんだけどな、心の加齢臭でも漏れてるのかな？

「そんな顔しちゃうんだ～♥　何か有ったら俺のせいにして良い、だっけか？　よくあんなこと真顔で言えるよね♥」

なんか……結構心に来るんだけど。

「でもちょっとかっこ良かったから、今日だけだよ♥　おにーさん♥」

あっ、心が大きく跳ねるのが分かった。

ウソだ。なんだ、これ。胸の鼓動が収まらない。キュンキュンではじけ飛びそうな気分だ。

決めた。今日という日を記念日にしよう。メスガキ記念日だ。俺が国のトップになったらどれだけ支持率が落ちようとメスガキ記念日を制定する。

俺が死のうとカトリナが『おにーさん♥』と言った事は歴史に残り続ける。

メスガキ、フォーエバー。異論は許さない。

「おにーさんの真剣な表情かわいい～!!　ちょっと飼いたいんだけど♥」

え、聖女、お前もか!?　お前もおにーさんと呼んでくれるのか!?

てかちょっと飼われたいんだけど。こんな美少女になら飼われてぇ。這《は》いつくばってご飯食べても良いし生活費はらっても良いから飼われたいんだけど。

「では……私はごしゅにーさま♥」

うん。お前はご主人様でいいぞ。変な単語を作るな。

と俺の呼び方がおにーさんに変わったことに喜びながら、俺達は部屋を出る。するとそこに有ったのは……。

「うっわぁ～すっごい冷えてそうな水じゃん！」

クーラーボックスに入ったペットボトルの水である。しかしなぜだろう、三本しかない。

そしてここには三人のメスガキと俺がいる。

もちろんメスガキ達は、我先にと水を取ってしまった。まあこのダンジョンで死ぬことは無いだろうからいいんだけど。他にも水分補給できるとこ有るし。

と俺の様子に気がついたカトリナが自分がゴクゴクと飲んでいたペットボトルを俺に差し出す。

「おにーさん、へへっ♥　欲しいんでしょ♥」

欲しい。でもそれ以上にメスガキ小悪魔カトリナちゃんが欲しい。無理ですね、はい。

しかし俺には飲んで良いのか分からなかった。でもペットボトルの水は三本しか無かったし。

ななみから貰おうかと思ったけど、急に彼女はマラソンランナーのように自分に水をかけ、すべて使い切ってしまった。暑かったからかぶったのか、俺がななみから水を貰えない方が面白くなると思ったのか。後者かな？

知らなかったが、あの水でも服が少し透けるんだな。

迷った末に俺は。

「じゃ、じゃあ頂こうかな？」

「うっわ♥　ほんとにのんじゃうんだ〜きっもぉ♥」

「……」

俺の顔が相当面白かったのか、カトリナと聖女は大爆笑している。特に聖女は引き笑いしながら腹を押さえて笑っていた。

「――――――――ッッ♥」

でもこの笑顔、守りたい。自分が笑われているのは分かるんだけど、すっごくカワイイんだよなぁ。

「冗談じゃん♥　ほら何も言わないって♥」

とカトリナはペットボトルを俺に投げる。美味《おい》しい。けどカトリナも喉が渇いていたのだろう、結構飲んでいて少し足りない。

「────ッ♥　あーおかし♥　えー♥　足りないの～？　はぁはぁ♥　仕方ないなぁおにーさんったら。私の全部飲んで良いよ。今日だけだから感謝して飲みなさい♥」

聖女も俺に水を差しだしてくれる。彼女達は間接キスに関しては気にしていないようだった。俺はそれを全部飲み干して、先へ進もうと促す。

水を飲んで多少元気になった俺達は、学園を進んでいく。

次のフロアは音楽室だ。

音楽室と言えば、何を思い浮かべるだろうか。俺はもちろん楽器である。そこにあったのはピアノやらギターやらヴァイオリン、トランペットなど様々な楽器である。

例のごとく彼女達《メスガキ》はそれぞれ自分の好きな楽器の元へいく。カトリナはリコーダーをピューピュー吹いて、聖女はトライアングルをチンチンして、そしてななみが。

ピロピロピロピロピロピロ～♪　とギターを早弾きしていた。

なんでななみは急にギターで早弾きしてるの？　一度でも弾いてたっけ？　対有機生命体コンタクト用ヒューマノイド・インターフェースかな？　伝説の文化祭編始まっちゃう。

「どうやら音楽室はななみのようだな」

でもななみならメスガキ化してなくても弾けそう。もし仮に弾けても多分不思議に思わないだろうなぁ。

「ななみ」

分かってるよな、と目線を送る。

「ご、ご主人様♥　子供は二人が良いです♥」

「ちげぇよ！　全然そんな視線じゃ無かったよね⁉」

なんかななみだけメスガキじゃないよね？　よく分かんない子になっちゃってるよね！

「うわ～♥」

「きっしょ♥」

「ああもう、あそこの台に立って楽器を弾いてくれという事だ！」

となななみを台の上に移動させ、楽譜通り音楽を奏でて貰う。楽に音楽室をクリアした俺達は次のフロアへ。

その移動中のことだった。

「あ、間違って持って来ちゃった♥」

そう言うのはカトリナだ。よく見れば手にリコーダーがあった。

「ねぇ、ポッケあるじゃん。持ってて♥　後で回収するから」

と俺はリコーダーを渡される。こっそりそこら辺に置いていく事も考えたが、これはカトリナが吹いたリコーダーだ。価値が数十倍はある。

俺は言われたとおりリコーダーをポッケにしまう。もちろんはみ出るが、戦闘は無いからまあ大丈夫だろう。

それからさらに進むと、今度は聖女があっと声を出す。今度は何だと聖女の視線の先を見ると、そこには。

「あれってアイスじゃない？」

とある教室の前に『氷菓』と書かれたのぼりがあった。そして俺は頭をかかえる。そういえばヤバイCGイベントがあったことを今思い出してしまった。

もちろん彼女達がアイスに飛びつかないわけが無く、俺達は教室へ。やめておいた方が……と言おうかと思ったが、さすがにアイスを止めることは出来ないだろう。

ななみは教室にあった冷蔵庫を開けると、アイスを確認する。

「バニラ味とぉ～ヨーグルト味とぉ～カルピス味が有るみたいです」

当然のように白濁系アイスしか無い。一つ言わせてほしい。

おいおい、シナリオライターさんよ。ずっと思ってたけどさ、何で白いアイスしかねぇの！　CG枚数を減らすため？　ふざけるな!!　スイカのような奴とか、ソーダ味の奴とか、色々あるだろ!!　ボケなすがよ。

ああ、ちょっと俺もたまっている物があるらしい。

早速とばかりにななみはバニラアイスを手に取る。それは細長い円柱タイプのアイスだった。

それをななみはかわいらしく舌を出し、レロレロと舐《な》め始める。

あのさぁ………マジでなんなの？　誘ってんの？

「んっ♥　あぁっ♥　レロッ♥　キャ♥　ねぇ、もうぉぉ。冷たいんだけど〜♥」

あろう事か、ななみが食べていたアイスが溶けて肌にポタポタと落ちている。牛柄の水着にも。牛柄の水着とバニラアイスって意外と相性抜群だな。ってそんな事はどうでも良い。

てか、ななみさ。お前何やってんの？　バカなの？　その食べ方何なの？　色んな人がアイス食べてる姿を見てきたけど、そんな食べ方見たことないって。すみませんウソです、エロゲで見ました!!

「ねぇご主人様〜拭きたいでしょ、拭いてもいいんですよ♥」

ななみはこぼれたその汁を指さし、悪魔的笑みでそんな事を言った。天使のくせに。カワイイおへそからむっちむっち太ももまで芸術的に垂らしやがって。汗と混じって大変なことになってるっつーの！

「自分で拭けっっっ！」

俺に拭かせたら場合によってはそのバニラアイス汁に自分の口が吸い付いてしまう可能

性があるに決まってるだろ。美味しそうだからなぁ!! それは何が何でも避けなければならない。

「えぇ～ご主人様拭いてくれないのぉ？ この根性なし♥」

何が根性なしなのかさっぱりだ！ そんな事より聖女とカトリナを見習え！ あれっ？

そういえばあの二人は……？

「レロッ♥ ジュボッ♥ ペロッ♥ ンンッ♥」

「あっ♥ ッッ♥ んっ♥ ハァハァ♥ じゅるっ♥」

……バカじゃねぇの？ お前らただでさえ汗で服が透けてるんだぞ？ 何でかわいらしく舌を出し、上から下に上下にぺろぺろとなめるようにアイス持って頭動かしてんの？ 何でお前両手に一本ずつ持って交互になめてんの？ しかも何でちょっと見上げる角度で食べてんの？ あとカトリナ、何で聖女は両手で祈るようにアイス持って頭動かしてんの？

お前らさ、マジで本当に冗談じゃなくさ、普段アイスそんな感じで食べるの？

そしてカトリナも聖女もなんだけどさ。

な ん で こ ぼ す の ？

もう終わりだよこの世界。

◇

「アイス美味しかったね〜♥」

「ねぇ〜♥」

「ご主人様はどうでしたかぁ？」

「美味しかったあああああ（ヤケクソ）」

バニラアイスはすっごい濃厚で美味しかったよ、多分ジャージー牛だよね？　美味しかった美味しかった。色んな意味で濃厚すぎて脳の血管が切れているかもしれないけどとっても美味しかったよ。クソがっ。

そんなこんな色々あって、俺達は次の体育館フロアへ。ここは聖女が活躍してくれた。体操選手顔負けの素晴らしいジャンプで跳び箱をクリアしてくれたのだ。

跳ぶたびにチラチラ見える形の良い尻の線で、俺の頭の血管が切れるかと思ったが俺は元気です（嘘）。

もちろんただでやってくれるわけではない。彼女から提案されたのは俺を一日自由に使える一日奴隷券《いちにちごほうびけん》である。どうやら俺を気に入ってくれたようで、一日好きに使いたいらしい。

もはや飼ってくれてもイイんだぞ。

それ以外にも色々あってようやく最終フロアについた。俺以外の皆はつやつやしているが俺は心がボロボロだ。

さて最後のフロア、それは校長室である。

しかしそこは校長室とは名ばかりで、辺りには拘束具やら口をふさぐアイテムやらが存在している。ここの校長は変態なのだろうか。

もちろん使うわけがないし。使えない。しかし中心にあるテーブル、通称メスガキ分からせ台は必要だ。

「ちょっと、え。まって……」

校長室の異様な雰囲気を見た二人は体をこわばらせた。

わがままっ子に制裁を加えましょうと壁に書いてあったのも、二人がさらに恐怖する要因のひとつだっただろう。

聖女は振り返りドアをガチャガチャするも、そこは開かない。もう逃げられない。

メスガキ化を解除しなければ、先へ進むための転移魔法陣も出現しない。

俺の異様な雰囲気を感じ取ったのか、彼女達は今までとは打って変わって今にも泣きそうな顔をした。

「も、もしかして私達がわがまま言ったから……？」

「あ、謝るから。謝るから！　ごめんなさい」

と謝る二人を俺は制止する。ただななみはすでに体を台座にセットしていた。

体勢はバッチリだ。台の上に胸を押し当てるようにして、尻を此方《こちら》に見せているような感じだろうか。すさまじい迫力だ。でも今は後回しだ。

「違う、謝るのは俺の方だ。ゴメン、これから俺は君達にひどいことをする」

「え？」

「怒ってないの？」

「確かにそれも無いと言えばウソになる。でもさ、それ以上に皆と冒険出来た事が楽しかったんだ」

でもそのままでは帰れない。メスガキ化した彼女達を正気に戻さなければならない。それが、このダンジョンにおけるメスガキ分からせ。

『台の上で彼女達の尻を叩《たた》く』。どうしてもしなければならないことだ。このダンジョンを進むためにはメスガキ化は必須。そしたらメスガキ分からせも必須。どうしようもなかった。

ゲームではイヤイヤ状態の尻を叩いて分からせることをしたのだが、俺は無理矢理《むりやり》は出来ればしたくなかった。

それに本当に俺は楽しかった。なんだかんだ有ったけど、ちょっとエッチな所も見てしまったけど、素晴らしい思い出だ。でも俺は心を鬼にしなければならない。

「だからお礼が言いたい、ありがとう。そしてごめ――」

「ちょっとやめてよ♥　キモ～♥」

俺は謝ろうとしたのをカトリナに止められる。

「ま♥　弱そうなおにーさんなら別に良いかな♥」

「聖女にこんなこと出来る機会なんて二度とないんだから。それに私はおにーさんにナニカされたっててらくしょ～だし♥」

二人とも……ありがとう。そう言ってくれると俺の罪悪感も薄れる。

「ねぇ～おにーさん？　今だから言うんだけどさ？」

「なんだ、カトリナ？」

「アタシもなんだかんだ楽しかったよ♥」

「最初は何このおじさんって思ったよね～♥　でも」

そう言って聖女は俺の顔をのぞき込む。そしてニヤニヤ笑いながら言った。

「ちょっとかっこいいかも♥　私も楽しかった。おにーさんにしては及第点だね♥」

あまりの可愛さに俺が思考停止していると、後ろから声が聞こえる。

「んっはぁはぁ♥　ご主人様、放置プレイはいつまで続けるんですか？」

すまん、すっかり忘れていた。

俺はすぐにななみの尻へ。その迫力に思わず唾を飲み込む。

彼女は汗ばんでいた。水着はスケスケでほとんど隠せていない。奇跡的に一番大事なところが隠せてるぐらいだ。

彼女の汗ばんだ背中に手を乗せる。そしてゆっくり手を振り上げた。

弾む尻。魔王でさえ倒してしまいそうな、ななみの凄《すさ》まじい尻がブルンブルンと震える。

「あ♥　ご主人様♥　イイッ♥　そんな♥　ンッ♥」

叩き終わって十秒くらいたっただろうか。ゆっくりななみは体を起こす。

「美少女メイドななみ、ここに戻りました」

どうやら正気に戻ったらしい。いつもななみ上にぶっ飛んでるから本当に戻ってるか分からないけれど多分戻った。

次に来たのは聖女だった。

彼女は自ら「よいしょ♥」と台座に体をセットする。

凄まじい絵面だ。えちえちな制服を着た聖女が、此方に尻を向けているのだ。思わずゴクリとつばを飲み、手を伸ばそうとして……伸ばせなかった。

本当にやって良いのか不安になってしまったのだ。

だって聖女だぜ、良いのか。尻を叩くんだぞ？

と俺が急にへたれたのに聖女は気がついたのだろう。

「え、ここに来てびびってんの♥　だっさ～♥」

彼女はそう言って俺を煽《あお》る。やるしかねぇと、しっかり聖女の尻を見て気がついた。

「あっ……」

形の良い尻が、白く美しく汗ばんだ尻が、ぷるぷると震えている。

彼女は怖がっていた。尻叩《たた》きを怖がっていたのだ。しかし俺を勇気づけるために、あんなことを言っていたのだ。

「……聖女。痛いから、覚悟しとけよ」

「待って、ステフって呼び捨てにして♥」

「え？」

「今だけで良いから、ステフって呼び捨てにして。呼び捨てにしてほしいの♥」

俺も覚悟を決めなければならない。

「分かった、ステフ。イくぞ」

「きて、おにーさん♥　まぁおにーさんのなんて、よゆーなんだけど♥」

俺はその汗ばんだ腰に手を当てる。ビクンと跳ねる体。手を振り上げ勢いよく聖女の尻に向かって振り下ろした。

響く掌底音。舞いとぶ汗。

「んっ♥　あっ♥　ダメッ♥　ッッッ♥　キャッ♥　アアアアア!!」

そして五回叩き終わった俺は優しく彼女を起こす。どうやら聖女はメスガキ化が解除されたようだった。

痛かったのだろう、顔と尻を真っ赤にした聖女はうるうるとした目で俺を見る。彼女はメスガキ化したときの記憶がしっかり残っている。だから今までの痴態をすべて俺に知られていることを分かっている。

しかし攻略するにはどうしてもこの一連のメスガキルーティーンが必要だった。

それを聖女もカトリナも分かっていたはずだ。

だから聖女は何も言わなかった。

次はカトリナだ。今度は彼女が体をセットして尻を向ける。俺が尻尾を手で摑《つか》むと、彼女もまた体をビクンと跳ねさせる。

俺はその汗ばんだ尻に向かって手を振り下ろす。

「イッ♥　アッ♥　クゥゥゥ♥　ンアッ♥　ッッッッァァッ!!」

そしてカトリナも元に戻った。二人は何も言わなかった。顔と尻を真っ赤にして、何も言わずに、現れた転移魔法陣に入っていく。

あの先には多分シャワールームと着替えが出来る場所があるはずだ。

さあ俺もシャワーを浴びようと歩きだしたときだった。

「あ、そういえばご主人様」

「どうしたななみ？」

ななみに呼び止められ、俺は振り返る。

「あのメスガキのダンジョンを進むために、色んなことをしたではありませんか」

「そうだな」

もし一人だったら全見えスケスケになるけど、メスガキ化しなくても進めるルートを選んでたんだけどな。カトリナ達がいるのに全見えはまずいから行かなかったけど。

「多分私ならメスガキ化しなくてもすべてクリアできたかと存じます。最初の問題も分かりましたし、楽器も弾けましたし、跳び箱は私どころかご主人様でもイケますよね？」


思わず天を仰ぐ。


………確かにななみなら全部クリアできそうだった。

「それ、聖女とカトリナの前で絶対に言うんじゃ無いぞ」

もし彼女達にバレてしまったなら、それは俺の命日だ。

十章　エピローグ

―カトリナ視点―

アタシ達がダンジョンを脱出してすぐに出迎えてくれたのは桜《さくら》さんだった。そのままアタシは桜さんとななみの力を借りつつだが魔族の力を自分で抑えることに成功した。

おかげでアタシは人間の状態に戻ることが出来た。さらに今後アタシは闇魔法が扱える上に、魔族化が出来るようになったらしい。

とはいえまだ魔族化が安定しないからもし使用する際には十分に注意し、誰か事情を知っている人が居るときにした方が良いなどと忠告を受けた。

ただ闇属性の魔法は練習しても良いとのことだったので、まずはそこから練習しようと思う。

そして魔族化に関しては……少し考えなければならないと思う。一般人の前では現時点で間違いなく使えないし。力は強いのだが、練習も必要だし。

さて、なんでこんなに色々とトントン拍子に進んだかと思えば、幸助が色々としていたらしい。まるでそうなることが分かっていたかのように彼は行動していたとか。

それから桜さんから色々アドバイスを貰い、アタシは学園寮にある自室に戻った。

ベッドに倒れ込んだアタシを襲ったのは、じわじわと蝕《むしば》む不安と悲しみだった。

ダンジョンでは『早く脱出しないと』という思いが強く、自分について考える余裕がなかった。だけど自分の部屋でゆっくり今日のことを思い出して、自分に流れている血を考えて。

そして泣きたくなった。

父が魔族だったこと。母がそれを知っていたこと。次に母に会ったときにどうすればいいのか。色んなことを考えて、考えて。そして自分自身でどうすれば良いのか分からなくなってしまった。

しかしふと自分の頭の中に一人の顔が思い浮かんだのだ。

アタシ達が帰った次の日にアタシは彼に連絡する。急に連絡をしたからか、授業中である昼間に会いたいと言ったからか分からないけれど、彼は驚いたようだった。

彼の家である花邑毬乃《はなむらまりの》学園長の家は学園から結構近い。だけどすでに授業が始まっているからか、学園生の誰とも会うことは無く、アタシは彼の家にたどり着いた。

アタシは彼、瀧音幸助《こうすけ》と普段はあまり二人で会ったりするような仲では無い。皆と一緒とかなら結構あるんだけど。

彼に案内されてリビングへ行くとすぐに帯剣したエルフのメイドが紅茶を持ってくる。アタシがそれを受け取ると、彼女は何かございましたら仰《おっしゃ》ってくださいと幸助に言って部屋から退出した。

そして今度はななみがお茶菓子を持ってきて、テーブルの上に置いた。至れり尽くせりである。

「遠慮せずに食べろよ、それでどうしたんだ？」

幸助は紅茶を飲みながらアタシに聞いた。

「ちょっと相談があって」

彼は少し驚いたようだった。

「俺にか？　伊織《いおり》にじゃなく？」

何で伊織なんだろう、と思いながらもアタシは言う。

「伊織も考えたんだけど、アンタの方が良いかなって。でも迷惑になりそうなら――」

『相談は止めておく』と言う前に幸助は待て待てとアタシの言葉を遮る。

「いや断りたくて聞いたんじゃ無い。俺なんかで良いのか、ってことさ。相談してくれるんだったら、もちろん乗るさ」

確かに伊織やリュディでもいい。そもそも風紀会に関わるはずだから、風紀会関係の人でも良いんだけど。ただ一人、聖女を除いて。

でもアタシの頭に真っ先に浮かんだのは瀧音幸助だった。

「なんでだろ。アタシも理由は分かんないけど、アンタに相談した方が良いと思ったの。……何言ってるんだろうね」

「そうか。まあ色々有るよな。とりあえず聞こう」

そう言って幸助はななみに視線を向けると、彼女はコンコンと壁を叩《たた》く。するとどこからともなくアイヴィが出現し、ななみと二人で部屋を退出した。

アイヴィ、ね。チラリと幸助を見ると彼は苦笑いしていた。

「俺に仕えたいらしくて、まあ気にするな」

彼の言うとおり深く考えるのはよそう。それよりもまず自分の事だ。自分の事を解決させなければならない。

「アタシさ、これからどうすれば良いのかなって」

そう言うと幸助は目を閉じて大きく息を吐いた。

「どうもこうも、今まで通り過ごせば良いじゃないか」

「そうもいかないじゃん。エルフやドワーフ獣人のハーフじゃ無い。魔族とのハーフだっつの。アンタ理解してるでしょ」

「まあ、理解してるな。ただ俺にとっては、変わらないんだけどな」

「変わらない？」

「あの時ダンジョンで言ったじゃん。俺にとってカトリナは魔族だろうが人間だろうが関係無い。良いことをする人間はいるし、犯罪をする人間もいる。良いことをする魔族もいたっておかしくない。それだけさ」

「アンタにはそうかもしれない。でもアタシは色々と不安なのよ」

「不安？」

「アンタと伊織はさ、バカだから受け入れてくれるかもしれない。リュディ達も大丈夫かもしれない。でも一般人は……」

受け入れてくれないかもしれない。

「……もし黙っているなら、ずっと秘密にするしか無いだろうな」

彼は少しの沈黙ののち、そう言った。

「それにさ、聖女に至っては立場もあるじゃん」

最悪、アタシは殺されるかもしれない。法国は魔族を強大な悪と定義している。だからアタシの血を知ると国全体が襲ってくる可能性がある。

「カトリナも皆もさ、大きな誤解がある。ステフを聖女聖女って言ってるけどさ、違うんだよ。あ、いや。違うわけでは無いのか」

「何が言いたいんだっつの」

「モニカ会長やベニート卿《きょう》は知ってるんだ。あとは先輩も知ってるかな？」

じれったい、早く話してほしい。幸助はわざともったいぶって話す時がある。

「ステファーニア・スカリオーネは立場上あんな感じだけど、普通の女性だよ。口は悪いし顔に感情出すしめんどくさがりやだけど。でもあの人は優しいんだよ」

彼は一呼吸置いて「だから」と話を続ける。

「ステフ聖女はお前に対して何かしようとはこれっぽっちも思って無いはずさ」

そう言われたとしてアタシはそう思えなかった。

「じゃあ法国に殺せとか言われたら、どうなんのよ？」

「それは可能性があるな、でも大丈夫だ」

「何でよ？」

「聖女はお前に手を出さない。代わりに聖女が狙われようと俺が守るさ。聖女もカトリナもそうなったときのための準備もすでに始めているから、安心して学園生活を楽しんでおけ」

こいつは今始めているって言った？

「ねえ、ずっと思っていたけどアンタ何の情報を持ってんのよ。マジで。普通じゃ無いわよ」

「色んな知識と言えば良いか？　まあだから安心しろ。カトリナも聖女もなんとかするから。あ、すまん聖女と法国の件はお前に力を借りる予定だ」

「ちょっとアンタ何言ってるのよ、ばっかじゃないの？　相手は国よ？」

にやりと彼は笑った。

「それがなんだ、ウチは花邑家だぜ？　それに、だ」

「それに？」

「俺は色々知ってるんだからな」

ずっと思ってたんだけどさ。花邑家だからって言い訳していたが、それを加味しても逸脱した知識がある。

アイツにはアタシ達に何か隠していることがあるんだろう。

「なら早くアタシに教えなさい」

「おいおい何でだよ、知ったら大変なことになるぞ。三会が隠している件以上に危険な事も知ってるんだからな」

それを踏まえても、やっぱり教えて貰わないと。

「ばか、アタシに何かあったら、アンタとななみはずっと味方でいてくれるんでしょ？世界の冒険に連れて行ってくれるんでしょ？」

だって何かあったらアタシは彼に世話になるんだから。それぐらいの秘密は教えて貰わないと。

「まあそのつもりだけど」

「なら一蓮托生《いちれんたくしょう》じゃん。全部話せってことよ」

そう言うと彼は苦笑した。

「……まいったな。じゃあ時期が来たら、話すよ」

「でも本当に法国と事を構えてもいいのかよ？」

彼は大丈夫さ、と言って自分に向かって指を指す。そして少しおちゃらけた調子で口を開いた。

「俺は――」

彼が言った事は以前聞いたことがある言葉だった。でも馬鹿馬鹿しいと思わなかった。

それはすっとアタシの中に入り込んでいった。


瀧音達と別れたアタシは一人で学園に向かう。アイツはこのまま学園をサボるらしい。

だからアタシはそのまま風紀会室へ行った。それは雪音《ゆきね》さんから呼ばれたからだ。

もうすぐ午前の授業が終わるのに今から受けるのも億劫《おっくう》だったし、そもそも授業を受ける気分では無かったから、ちょうど良かった。

アタシが風紀会室へ行くとすでにそこには雪音さん、そしてステフ聖女がいた。

「遅いわね」

聖女はアタシを見るとそう言った。そしてそこに座れと命令する。

「……すみません、用事があって」

雪音さんが紅茶を出してくれる。

「まあいいわ」

そう言って彼女は紅茶に口を付ける。雪音さんにお礼を言ってアタシも飲む。その味には覚えがあった。ついさっき花邑家で飲んだからアタシはすぐに気がついた。

「何か言うことがあるわよね？」

「……はい」

「おい、里菜。そんな恐縮するな。ステファーニア隊長、問い詰めるために呼んだのではないでしょう？　なら普通に話せば良いではありませんか」

「うるさいわ、雪音。じゃあ貴方《あなた》が話しなさい」

「そうします。ほら里菜。リラックスだ」

そう言われても緊張するに決まっている。

「もし話せるならでいいんだ。少し君の事を話してほしいなと思ってな」

「アタシの、魔族の事ですよね？」

「そうだ」

雪音さんは頷《うなず》く。

「信じて貰《もら》えるかは分かりませんが、アタシは母子家庭で父の事を知らずに育ってきました。それであのダンジョンで会った魔族が言うには……父が魔族だったそうです」

「なるほどな。それで魔族化の力を使えた訳か。邪神教である訳ではないのだな？」

「はい。決して邪神教ではない、です」

とアタシが言うと雪音さんの顔がパッと明るくなる。

「そうか、なら問題は無いな。体調の方はどうだ？」

「まあ普通ですね。すっきりしています」

「うん良かった。瀧音からは聞いていたから大丈夫だと思っていたが一応な」

「ああ、君の事を心配していたぞ？　かなり気落ちしているようだったからお願いしますとも言われた」

「幸助から？」

「アイツ……」

「瀧音と桜さんが色々教えてくれたよ。君に危険な事は何も無いって。まあ私はそれを聞いていなくても大丈夫だと思っていたけどね」

そう言って雪音さんは笑う。

「何かあったら私か隊長に言うんだ。約束だぞ」

「でも……」

聖女なのだ。

とアタシが言いよどんでいるとちょうど授業が終わる鐘が辺りに響く。

「お昼はどうする、準備はあるか？」

「いえ、購買か食堂に行こうかなと」

「そうか、なら私達と食べないか？　食堂へ行こうと思っていたんだ」

誘いは嬉《うれ》しいが、あまり一緒に行く気になれない。アタシは風紀会を辞めようと思っていたから。

「アタシが以前送った退会のお願いをしたメールなんですが」

「ああ、アレは消したわ」

「け、消した？」

「当然よ。簡単に辞められるとは思わないで」

アタシが呆然《ぼうぜん》としていると雪音さんがツクヨミトラベラーを見ながらステフ聖女に声を掛けた。

「ステファーニア隊長、どうやら食事は少し後になりそうです」

「どういうこと？」

不機嫌そうにステフ聖女は言う。

「どうやらベニート卿とモニカ会長が生徒の多い場所でたまたま会ったらしく、とりあえず口論しているらしいです。出来れば来て収めてほしいとのことですが」

「これから食事だというのに。ほんと……面倒くさいわね」

彼女はゆっくり腰を上げる。

「私も行きましょうか？」

と雪音さんが尋ねると聖女は少し考え首を振る。

「雪音はいいわ。……里菜っ。貴方が来なさい」

それを聞いた雪音さんは笑顔でアタシの肩をたたく。

「ふふ、今後こういったことはよくある、これも経験だ」

「雪音、変な事言ってないで先に食事の用意でもしてなさい」

「はい、承知しました」

そう言って雪音さんはアタシにニコッと笑顔を残し退室する。

「さ、行くわよ」

二人でティーカップを食洗機に置く。そして部屋を出て目的の場所へ向かう。

「良いのですか？」

アタシは尋ねる。

「何が？」

「アタシは魔族の血を引いているんですよ？」

「そ、だから何？　私はね、人を見かけで判断しないことにしているの。瀧音みたいな、見た目も中身もヤバイ奴もいるけどね」

本当にそうなの？　という疑問が渦巻く。だって相手は人間至上主義で魔族の敵である法国の聖女なのよと。

「……不安になるなと言ってるのに。まったく。ねえ、これはもしもの話よ。貴方は私が誰の血を引いてるかも分からない孤児だって言ったらどうする？　獣人に助けて貰《もら》ったり一緒に生活したりしていたって言ったらどうする？」

「えっ？」

獣人は人間至上主義な法国の中で忌み嫌われる存在だ。逆に獣人は聖女を恨んでいるはず。自分を迫害する宗教の聖女。それを助けるって……？

「……何でも無いわ。気にしないで」

何か複雑な事情が聖女にあることを察した。ふとさっき話した幸助のことを思い出す。色々含んだ言い方をしていた彼ならば、もしかして知っている？

「そうだ、里菜。私達は誰にも言えない秘密を共有しているでしょ？」

「誰にも言えない秘密？」

「あのダンジョンよ」

あ、と声が漏れる。あまりにも恥ずかしくて、居ても立っても居られなくなる。どこかに消えてしまいたいぐらいだ。

「私もばらされたくないし。これで少しは信頼できた？」

「……はい」

「ならいいわ。そうだ、まあ魔族の件なんだけど。法国にバレたら私に出来ることはなくなるかもしれないわ。私が動かなくても貴方を退治しようとする輩《やから》が現れるかもしれないし。絶対バレるんじゃ無いわよ」

その話を聞いて頷く。つい先ほど幸助と会話していたから、そのことについて話してみることにした。

「じつはさっき幸助に会ってたんですけど、彼はアタシを助けると同時に聖女を助けるだなんて言ってましたよ」

そう言うと彼女は頭を抱える。

「あのバカは……貴方にも言ったのね。そんなの絶対に不可能よ」

その反応からするに、幸助はすでに聖女に話していたらしい。

「アタシもそう思います、でもなぜかやってくれそうな気もするんです」

「それはどうして？」

先ほど瀧音幸助が言っていた、普通に考えたら無理なこと。でもなぜかアイツならやり遂げてしまいそうなこと。

なんだろ、さっきの自信たっぷりな彼の顔も一緒に思い出してしまった。あの、なぜか心から安心できる笑顔。

うん、どうせならさっきの幸助と同じように話すか。

普段のアイツのように自信たっぷりで、そしてどこかお茶目《ちゃめ》な感じで。

「なんせアイツは世界最強になる男らしいですからね」

あとがき

皆様ごきげんよう。私はなんとか生きております。アニメ化が決定しました。

――謝辞――

神奈月昇《かんなつきのぼる》先生。今回も素晴らしいイラストでした。いつもありがとうございます。

瀧音《たきおと》のストールに関してはとても参考になりました。デザインも最高です。またカトリナや聖女のイラストも素晴らしかったです。

緋賀《ひが》ゆかり先生。いつもコミカライズ版ありがとうございます。今回もヒロイン達の魅力、かわいらしさ、エロさがこれ以上無いぐらいに引き出されておりました。

神様、仏様、編集様。またもやというか、いつも通りというかご迷惑をおかけしました。申し訳ございません。そしてありがとうございます。

――アニメ化に関して――

神奈月先生、緋賀先生に心よりお礼申し上げます。お二人がいらっしゃらなかったら実現しなかったと思っております。担当編集様、そして宮川《みやかわ》様。アニメ化の件で尽力してくださり、誠にありがとうございます。夢が一つ叶《かな》いました。

最後に読者様。皆様の応援のおかげでここまで来られました。ありがとうございます。

入栖《いりす》

神奈月昇.
衣装効果で
お尻が大きくなった
メスガキ聖女

マジカル★エクスプローラー
エロゲの友人《ゆうじん》キャラに転生《てんせい》したけど、ゲーム知識使《ちしきつか》って自由《じゆう》に生《い》きる9

著　入栖《いりす》

角川スニーカー文庫　23836
2023年10月1日　初版発行

発行者　山下直久
発　行　株式会社KADOKAWA
〒102-8177 東京都千代田区富士見2-13-3
電話　0570-002-301（ナビダイヤル）
印刷所　株式会社暁印刷
製本所　本間製本株式会社

Printed in Japan　ISBN 978-4-04-114181-6　C0193

★ご意見、ご感想をお送りください★
〒102-8177 東京都千代田区富士見 2-13-3
株式会社KADOKAWA　角川スニーカー文庫編集部気付
「入栖」先生「神奈月 昇」先生